A revolução da lua

Do autor:

Um Fio de Fumaça
A Ópera Maldita
Por uma Linha Telefônica
Temporada de Caça
Água na Boca (com Carlo Lucarelli)
O Todomeu
A Revolução da Lua

Andrea Camilleri

A revolução da lua

Tradução
Joana Angélica d'Avila Melo

Rio de Janeiro | 2015

Copyright © 2013 Sellerio Editore, Palermo

Título original: *La rivoluzione della luna*

Capa: Oporto design

Imagem de capa: © iStockphoto.com/Bliznetsov

Editoração: FA Studio

Texto revisado segundo o novo
Acordo Ortográfico da Língua Portuguesa

2015
Impresso no Brasil
Printed in Brazil

Cip-Brasil. Catalogação na publicação.
Sindicato Nacional dos Editores de Livros, RJ.

C19r	Camilleri, Andrea, 1925-
	    A revolução da lua / Andrea Camilleri ; tradução Joana Angélica d'Avila Melo. — 1. ed. — Rio de Janeiro : Bertrand Brasil, 2015.
	    210 p. ; 23 cm.
	
	    Tradução de: La rivoluzione della luna
	    ISBN 978-85-286-1844-0
	
	    1. Romance italiano. I. Melo, Joana Angélica d'Avila. II. Título.

15-21058	CDD: 853 CDU: 821.131.1-3

Todos os direitos reservados pela:
EDITORA BERTRAND BRASIL LTDA.
Rua Argentina, 171 — 2º andar — São Cristóvão
20921-380 — Rio de Janeiro — RJ
Tel.: (0xx21) 2585-2070 — Fax: (0xx21) 2585-2087

Não é permitida a reprodução total ou parcial desta obra, por quaisquer meios, sem a prévia autorização por escrito da Editora.

Atendimento e venda direta ao leitor:
mdireto@record.com.br ou (0xx21) 2585-2002

Impresso no Brasil pelo Sistema Cameron da Divisão Gráfica da
DISTRIBUIDORA RECORD DE SERVIÇOS DE IMPRENSA S.A.

Para Rosetta

Sumário

CAPÍTULO 1
O Vice-Rei abre a sessão, mas um outro a encerra.................... 9

CAPÍTULO 2
O breve dia de glória do Grão-Capitão de Justiça.................... 20

CAPÍTULO 3
Dona Eleonora se torna Vice-Rainha e conquista quase todos,
com algumas exceções.................... 31

CAPÍTULO 4
Dona Eleonora preside o Sacro Régio Conselho e desagrada a todos...... 42

CAPÍTULO 5
É guerra entre dona Eleonora e os Conselheiros.................... 53

CAPÍTULO 6
A "Obra Pia das Virgens Periclitantes".................... 64

CAPÍTULO 7
Dona Eleonora dispara o canhonaço e vence a guerra.................... 75

CAPÍTULO 8
Chega o Grão-Visitador Geral, que, porém, não é Peyró.................... 86

CAPÍTULO 9
As aflições de don Alterio e a enrascada do príncipe de Ficarazzi........ 97

CAPÍTULO 10
Um domingo memorável 108

CAPÍTULO 11
Aparece o fantasma de don Angel e faz um grande dano 119

CAPÍTULO 12
Procissões, confrontos, mortos falantes,
fantasmas e outras coisas mais 130

CAPÍTULO 13
Dona Eleonora e suas leis 141

CAPÍTULO 14
As coisas ficam bem complicadas para o bispo 152

CAPÍTULO 15
Turro Mendoza contra-ataca 163

CAPÍTULO 16
A partida está chegando ao fim 174

CAPÍTULO 17
Aqui se faz, aqui se paga 185

CAPÍTULO 18
Conclusão nem alegre nem amarga 196

Nota 208

CAPÍTULO 1

O Vice-Rei abre a sessão, mas um outro a encerra

A sessão do Sacro Régio Conselho que o Vice-Rei don Angel de Guzmán, marquês de Castel de Rodrigo, realizava no Palácio todas as manhãs de quarta-feira às dez em ponto, inclusive naquele dia, que era o 3 de setembro de 1677, começou como de hábito, seguindo um procedimento rigidamente estabelecido.

Em primeiro lugar, das seis às oito, cinco camareiras, depois de abrir as janelas para renovar o ar, tinham varrido e lavado o piso, desempoeirado e lustrado os móveis do salão.

As poltronas dos seis Conselheiros eram dispostas três à esquerda e três à direita do grande trono de ouro reservado às Suas Majestades os Reis de Espanha, os quais, porém, não tinham tido oportunidade de pousar ali seus augustos traseiros, considerando-se que jamais nenhum deles se dignara a desembarcar na ilha.

O trono ficava no topo de seis grandes degraus cobertos por um tapete vermelho e espesso.

À direita do trono, só que um pouquinho mais avançado e três degraus abaixo, degraus esses também cobertos por um tapete vermelho, havia um outro, menor e menos dourado do que o principal, e no qual tomava assento o Vice-Rei. À distância de quatro passos a partir da última das três poltronas da esquerda ficava uma mesa grande com duas cadeiras. Eram os lugares do protonotário e do secretário do Conselho.

Das paredes atrás do trono do Rei pendia um enorme retrato de Sua Majestade Carlos de corpo inteiro, mas multiplicado por quatro. Ao lado do retrato ficava um enorme crucifixo de madeira. O escultor não tinha se saído bem com a face de Jesus: em vez de fazê-la desfigurada pela agonia e pela dor, dera-lhe uma expressão enfurecida e indignada. Sentindo-se observados com tanta raiva, os Conselheiros, nenhum dos quais tinha a consciência limpa, ficavam constrangidos e até evitavam erguer os olhos para o crucifixo.

Tendo saído as camareiras, havia entrado o mestre ferreiro Alizio Cannaruto, encarregado de vistoriar a armação de ferro, perfeitamente escondida sob a madeira dourada, que sustentava o troninho do Vice-Rei, trono esse que tivera de ser construído especialmente, substituindo o anterior.

Saído o mestre ferreiro, tinham vindo o mestre mensurador Gaspano Inzolia e dois ajudantes. O mestre mensurador conferira se todas as poltronas estavam perfeitamente alinhadas, nem um milímetro à frente nem um milímetro atrás uma da outra. O deslocamento de uma poltrona, por mínimo que fosse, podia ferir a suscetibilidade dos Conselheiros, e mesmo ser entendido como indício de benevolência ou de malevolência por parte do Vice-Rei ou como sinal de arrogância de algum componente do Conselho, trazendo graves e intermináveis consequências de brigas, bate-bocas e até de assassinatos.

Às nove e quinze, as duas grandes folhas da porta dourada do salão foram solenemente abertas pelas primeiras-sentinelas Foti e Miccichè, os quais se plantaram como postes, um diante do outro, inclinando-se para cada Conselheiro que passava no meio deles e ia se sentar no lugar designado.

Empertigados e vestidos de gala, sem responder às mesuras das sentinelas, entraram, um após o outro, segundo a respectiva importância no Sacro Régio Conselho: Sua Excelência don Rutilio Turro Mendoza, bispo de Palermo; don Giustino Aliquò, príncipe de Ficarazzi, Grão-Capitão de Justiça; don Alterio Pignato, duque de Batticani, Grão-Tesoureiro; don Severino Lomascio, marquês de Roccalumera, Juiz da Monarquia; don Arcangelo Laferla, conde de Naso, Grande Almirante; e don Cono Giallombardo, barão de Paquino, Grão-Mestre do Fisco.

Em seguida, vieram o protonotário don Gerlando Musumarra e atrás dele o secretário do Conselho, don Ernesto Rutè.

A essa altura as duas primeiras-sentinelas foram avisar ao primeiro-camareiro do Vice-Rei que todos os Conselheiros estavam presentes e aguardavam reverentes que Sua Excelência don Angel surgisse pela porta aberta.

Enquanto isso, soaram as nove e meia.

Quando desembarcara em Palermo quase dois anos antes, o Vice-Rei, marquês don Angel de Guzmán, havia surpreendido todo mundo, por duas razões.

A primeira era a pouca idade, pois ainda não chegara aos trinta anos e, pelo que os sicilianos se lembravam, jamais tinha existido um Vice-Rei com menos de cinquenta.

A segunda era sua grande magreza. Don Angel não tinha um grama de gordura, sua pele se colava diretamente aos ossos, e o peso chegava, no máximo dos máximos, aos trinta quilos. Uma forte ventania seria suficiente para fazê-lo voar pelos ares como uma folha seca.

Havia chegado a Palermo sozinho, mas um mês depois, numa noite, desembarcara sua mulher, dona Eleonora de Moura, espanhola, sim, mas de família siciliana, e que ficara órfã aos dez anos de idade. Desde então tinha vivido internada em um convento no qual se instruiu, aprendendo, entre outras coisas, o italiano, e de onde só saiu após ficar noiva. Don Angel e Eleonora eram esposos, pois haviam se casado três meses antes. De dona Eleonora soube-se logo que tinha vinte e cinco anos e era de uma beleza deslumbrante, mas ninguém teve oportunidade de se embasbacar porque ninguém conseguiu vê-la. De fato, assim que chegou, dona Eleonora se manteve recolhida à área privada do Palácio, assistida pelas quatro camareiras que havia trazido da Espanha.

Porém, um mês depois da vinda da mulher, don Angel, sob os olhos primeiro espantados e depois cada vez mais intrigados da Corte, começou a se transformar.

De início o fenômeno se manifestou pelo velocíssimo aumento da pança e somente desta última, uma vez que don Angel, mantendo-se magricela nas outras partes do corpo, em uma semana já parecia sem tirar nem pôr uma mulher grávida de nove meses.

Em seguida, a banha passou rapidamente aos braços, às mãos, às pernas e aos pés. Por último, atacou a face. De quarto minguante que era, esta se transformou em lua cheia.

Em menos de seis meses, don Angel pesava noventa quilos, e em outros seis meses passou a cento e cinquenta. Agora, seu corpanzil parecia estabilizado em cento e noventa. Um elefante.

E não houve jeito de interromper o fenômeno. O protomédico don Serafino Gustaloca, depois de consultas e mais consultas, cutuca aqui cutuca ali, e de experimentar um monte de remédios, de prescrever sangrias e purgantes, perdeu as esperanças e abriu os braços, desistindo. E até o ilustríssimo médico espanhol, um poço de ciência, enviado pelo rei Carlos, fez o mesmo.

Mesmo que ficasse em jejum completo durante uma semana inteira, sem sequer beber uma gota d'água, o Vice-Rei continuava a aumentar de peso como um porco na engorda.

O alfaiate da Corte, Artemio Savatteri, encheu os bolsos em pouco tempo. Teve que arranjar quatro ajudantes, porque toda semana era preciso refazer de ponta a ponta o guarda-roupa do Vice-Rei.

Às nove e trinta, abriu-se completamente a porta e don Angel foi transferido das mãos dos dois camareiros pessoais que o tinham ajudado a se vestir para as das duas sentinelas. Don Angel deu os braços a Foti e Miccichè e, apoiando-se neles, começou a avançar para o salão do Conselho.

Não lhe era fácil se movimentar. Dada a gordura das coxas, para dar um passo ele não podia colocar um pé à frente, como manda a natureza: primeiro devia deslocar a perna para um lado e em seguida avançar o pé.

Mas, ao fazer isso, seu corpo perdia o aprumo, oscilava e pressionava a perna adiantada, e, por tal razão, quem o segurava desse lado devia ser capaz de aguentar o peso de toda aquela massa de carne. Se, por azar, perdesse o equilíbrio, o infeliz seria esmigalhado pelo Vice-Rei caído sobre ele.

Assim que don Angel surgiu à porta do salão, todos os Conselheiros se levantaram, se inclinaram profundamente, levando a mão direita ao coração, e esperaram que o Vice-Rei estivesse acomodado no troninho para se sentarem de novo.

Mas don Angel costumava se deter um pouquinho ainda na porta, a fim de recuperar o fôlego. E, no silêncio geral, sua respiração ecoava igualzinha a um poderoso fole acionado bem devagar. Desta vez, não foi diferente. Em seguida ele retomou a caminhada, a qual, mais do que uma simples caminhada, parecia a navegação de um barco que arfava e balançava sobre um mar agitado.

O pior, contudo, ainda estava por vir.

Era preciso subir os três degraus que levavam ao troninho.

Para ajudar as duas sentinelas eram designados o protonotário Musumarra e o secretário Rutè, que corriam a assumir o posto de Foti e Miccichè.

Diante do primeiro degrau, Foti se abaixava, segurava com as duas mãos o pé esquerdo de don Angel, içava-o dificultosamente, levava-o para a frente e o pousava de volta no chão.

Feito isso, porém, todo o corpo do Vice-Rei se inclinava periculosamente para trás e, no intuito de impedir a queda, Miccichè o aguentava pelas costas, com os dois braços estendidos e o próprio corpo inclinado para diante, com os pés bem firmados no chão para servir de contrapeso. Depois, o protonotário e o secretário também se plantavam atrás de don Angel e o empurravam até que ele subisse totalmente o primeiro degrau.

Dado ao Vice-Rei o tempo necessário para acionar o fole com mais força, descansando um pouquinho, a operação se repetia do mesmíssimo jeito para o segundo e o terceiro degraus.

Finalmente, às dez em ponto, os cento e noventa quilos de carne despencavam de uma vez sobre o troninho, cuja armação de ferro permanecia vibrando por alguns minutos.

Mas a abertura da sessão ainda demorava um tiquinho, visto que todo o Conselho, hipnotizado, ficava olhando a papada gigantesca de don Angel, a qual por alguns momentos continuava também tremelicando, como se fosse feita de pudim de caramelo, em virtude das vibrações transmitidas pela armação de ferro.

Findo o tremelique da papada, don Angel fez um aceno ao protonotário e don Gerlando Musumarra se levantou, declarou aberto o Conselho em nome do Vice-Rei e tornou a se sentar. Em seguida levantou-se o secretário, que pediu permissão para ler as questões que havia para discutir.

O Vice-Rei se voltou para o trono vacante do Rei.

Tinha o hábito de fazer isso antes de dar qualquer resposta, como se quisesse significar que ele era apenas o porta-voz da vontade de Sua Majestade.

Mas, desta vez, permaneceu observando o trono e não respondeu ao secretário.

O qual, de repente convencido de que don Angel sequer o escutara, consultou o protonotário com uma olhada e depois repetiu a pergunta.

Não houve resposta, don Angel continuava imóvel, o rosto voltado para o trono.

Tinha sido um excelente Vice-Rei, don Angel, mas no último mês não andava lá muito bem da cabeça. Logo de início demonstrara ser um indivíduo honesto, respeitoso das leis e dos homens, pronto a condenar a injustiça e a exploração, a prepotência e o arbítrio. Mas depois havia afrouxado as rédeas, e agora os Conselheiros faziam o que bem entendiam.

Sem dúvida isso acontecera em razão da doença, mas talvez também em razão de uma fofoca que circulava havia algum tempo entre os nobres do Conselho. A fofoca era que a doença tinha feito engordarem de maneira elefântica todas as partes do corpo de don Angel menos uma, justamente aquela que distingue o homem da mulher e que se tornara, dadas as novas proporções das restantes, quase inencontrável, uma agulha no palheiro. A pobre dona Eleonora, diziam as más-línguas, por causa da involuntária abstinência se tornara caladona e melancólica, e don Angel penava bastante com tal situação.

Na segunda vez sem resposta, os Conselheiros se entreolharam estupefatos.

O que se devia fazer?

Podia-se repetir pela terceira vez a pergunta? Era lícito interromper o discurso mudo entre o Vice-Rei e Sua Majestade? Não, não era lícito. Mas podia-se perder a manhã inteira olhando o Vice-Rei, que por sua vez olhava o trono vacante do Rei?

Após cinco minutos de silêncio, o príncipe de Ficarazzi, que na qualidade de Grão-Capitão de Justiça vinha por importância logo depois do Vice-Rei, se levantou e se aproximou do troninho.

Como era bem mais baixo do que o normal, embora pouco maior do que um anão, teve que subir os três degraus para chegar à altura de don Angel. E aqui percebeu que o Vice-Rei tinha, sim, a face voltada para o trono, mas que seus olhos estavam perdidos, não miravam nada, ou talvez só alguma coisa tão distante que era igual a nada. O príncipe de Ficarazzi se paralisou, um tantinho assustado e sem saber o que fazer ou o que dizer.

Mas o Vice-Rei notou a presença dele. Primeiro fez um gesto como se quisesse afastar uma mosca incômoda, e depois seus olhos, bem devagarinho, focalizaram o rosto do príncipe. O qual, assim que se viu encarado, desceu e correu a se sentar de novo.

Don Angel girou a cabeça ao redor, como se quisesse conferir onde se encontrava, ou tivesse acabado de acordar de uma boa dormida. Ao ver o secretário de pé, fitou-o com ar interrogativo.

O secretário então repetiu pela terceira vez a pergunta.

Don Angel girou de novo a cabeça para o trono, por um instante, e depois acenou para o secretário concedendo-lhe permissão. Todos deram um suspiro de alívio. A sessão estava começando a se desenvolver como todas as outras vezes.

O secretário disse que o primeiro assunto a discutir era a disputa entre o bispo de Catânia e o bispo de Messina quanto aos dois testamentos da baronesa de Forza d'Agrò, num dos quais ela deixava tudo para a igreja de Messina e no outro para a igreja de Catânia. Os dois bispos tinham recorrido ao Conselho para obter justiça, e era necessário dar uma resposta urgente.

Primeiro o Vice-Rei olhou para o trono e em seguida para o bispo Turro Mendoza.

O qual se levantou com um sorrisinho maligno. Não havia nenhum dos presentes no salão que já não soubesse o que ele iria dizer. Todos conheciam a guerra que Turro Mendoza e Gioacchino Ribet, bispo de Catânia, vinham travando havia anos.

Era uma guerra feita a golpes de fofocas, insinuações, meias-palavras, calúnias. Ribet tinha espalhado o boato de que Turro Mendoza praticava o "nefando crime" com os coroinhas, e Turro Mendoza havia replicado com a história de que Ribet engravidara uma freira e depois mandara matá-la para evitar o escândalo.

O bispo de Palermo, tão gordo e baixinho que parecia uma bola, tinha uma voz que, quando ele pregava do púlpito, era ouvida até Cefalù. Mais do que palavras, disparou tiros de canhão. Disse que Gioacchino Ribet era um calhorda sem escrúpulos e que o testamento que atribuía a herança à igreja de Catânia era claramente falso. Sustentou que mandara fazer cuidadosos exames e que podia provar o que afirmava.

O Vice-Rei perguntou aos presentes se eles tinham algo a declarar a respeito.

Ninguém deu um pio. Então don Angel, depois de olhar para o trono, disse que a questão estava resolvida a favor do bispo de Messina.

O secretário se levantou de novo e leu o segundo assunto a discutir. Era uma coisa bastante delicada. Segundo diversas denúncias anônimas, dos impostos que os cidadãos de Bivona pagavam, somente a metade, no máximo, chegava à caixa estatal, porque a outra metade ia para o bolso do encarregado da coleta. O qual era nada mais nada menos que o marquês Aurelio Spanò di Puntamezza, homem riquíssimo e poderosíssimo, a quem não se podia fazer a desfeita de duvidar dele.

Enquanto o Vice-Rei se voltava para olhar o trono, don Cono Giallombardo, Grão-Mestre do Fisco, a quem cabiam as questões dos impostos, se preparou para falar.

E, tal como acontecera no caso do bispo, não houve nenhum dos presentes que já não soubesse o que ele iria dizer.

Era coisa sabida por todos que Griselia, a bela netinha predileta de don Cono, que a adorava, era amante de Tancredi Spanò, primogênito do marquês de Puntamezza. E todos sabiam que a palavra da moça era lei para o Grão-Mestre do Fisco.

O qual, quando lhe coube falar, sustentou que aquelas cartas anônimas eram uma infâmia, não deviam sequer ser levadas em consideração, queriam apenas manchar o nome de um homem conhecido pela sua retidão, e que da honra conspurcada do marquês de Puntamezza não se devia nem falar.

Ninguém deu um pio. O Vice-Rei olhou o trono e em seguida declarou que a questão não era digna de ser examinada pelo Conselho e devia ser excluída até mesmo daquelas a discutir no futuro.

O terceiro assunto que o secretário expôs foi o da "Gloriosa", a nau de guerra que, recém-lançada ao mar e logo na primeira viagem, tinha se chocado contra um recife e afundado, provocando a morte de quinze marinheiros. O comandante da "Gloriosa", Aloisio Putifarre, atribuía o acidente ao fato de que o timão não obedecia ao comando dos timoneiros, na medida em que a nau tinha sido mal fabricada pelo estaleiro de Messina, o qual havia economizado nos materiais. O chefe do estaleiro, em contraposição, dizia que a culpa era toda de Putifarre, que com frequência e de bom grado se atracava com uma garrafa.

O Vice-Rei, depois da olhada para o trono, deu a palavra ao Grande Almirante don Arcangelo Laferla, conde de Naso.

O conde nem precisaria abrir a boca, visto que todos sabiam que havia anos e anos o chefe do estaleiro de Messina rachava os lucros com ele.

Por conseguinte, num piscar de olhos o pobre comandante Aloisio Putifarre se viu degradado, expulso da Marinha e mandado para a prisão como único responsável pelo acidente.

O secretário havia se sentado de novo, mas don Angel lhe fez sinal para se aproximar. O secretário parou diante dos três degraus. Com outro aceno o Vice-Rei o convidou a subir e, quando ele chegou mais perto, lhe disse alguma coisa ao ouvido.

O secretário saiu às pressas do salão. Voltou pouco depois seguido por Foti, que carregava embaixo do braço um biombo dobrado, e por Miccichè, que trazia na mão um penico coberto por um pano branco.

No mês passado, já acontecera duas vezes que don Angel sentisse uma urgente precisão, mas, entre descer do troninho, atravessar o salão, alcançar seus aposentos, chegar ao quartinho de necessidades, urinar, voltar, atravessar de novo o salão e subir os três degraus, perdera-se pelo menos uma hora. A solução encontrada pelo protonotário e transmitida discretamente ao Vice-Rei era a melhor.

As duas sentinelas abriram o biombo diante do troninho e desapareceram atrás. Em silêncio, todos escutaram a respiração poderosa e difícil do Vice-Rei ao se levantar e depois o ruído do líquido esguichando dentro do penico de porcelana. Foram necessários dez bons minutos. Por fim, Miccichè reapareceu com o recipiente coberto e saiu do salão, enquanto Foti, tendo dobrado o biombo, ia atrás dele.

A sessão podia recomeçar.

Mas não recomeçou.

Porque todos perceberam que don Angel estava agora com os olhos fechados e tremia todo, e com tanta força que a papada balançava para a direita e para a esquerda.

"Que aporrinhação ele vai nos dar agora?", pensou preocupado o protonotário.

— Por que ele está tremendo? — perguntou don Alterio ao bispo.

— Talvez esteja sentindo a necessidade de liberar também o intestino — arriscou Turro Mendoza.

Sem abrir os olhos, o Vice-Rei disse:

— Estou com frio.

Todos estranharam. Frio?! Num dia 3 de setembro, e com um sol ainda de agosto rachando as pedras?

O secretário saiu correndo do salão, foi falar com Foti e Miccichè e voltou ao seu lugar.

Don Cono Giallombardo criou coragem e se inclinou para falar baixinho com don Arcangelo Laferla. Para maior precaução, cobriu a boca com a mão.

— Não seria o caso de informar à Sua Majestade que o nosso prezado Vice-Rei não está bem de saúde?

Don Arcangelo olhou para ele, em dúvida.

— Está falando sério ou brincando?

— Sério.

— E convém a todos nós que para o lugar de don Angel venha um Vice-Rei saudável e em perfeito raciocínio?

— Ah, pois é — fez don Cono, captando a questão.

Os dois camareiros pessoais entraram no salão trazendo um cobertor e o colocaram sobre as pernas de don Angel.

O qual, depois de um pouquinho, fez sinal ao secretário de que podia falar.

Don Ernesto Rutè se levantou e principiou:

— Agora teríamos uma petição do Promotor de Castrogiovanni...

— Hein? — interrompeu don Angel.

O secretário pigarreou para limpar a garganta e repetiu mais alto:

— Trata-se da petição do...

— Hein? — repetiu don Angel.

Tinha ficado surdo?

O secretário encheu os pulmões de ar, abriu a boca...

— Hein? — fez de novo don Angel, antes mesmo que o outro falasse.

Então todos compreenderam que não era questão de surdez. O Vice-Rei se dirigia a alguém cujas palavras ele não entendia e que com certeza não se encontrava dentro do salão. Depois don Angel arregalou os olhos, como que por enorme espanto, e foi virando bem devagarinho a cabeça para o trono.

Passaram-se alguns minutos.

CAPÍTULO 2

O breve dia de glória do Grão-Capitão de Justiça

Os Conselheiros se aconselharam em silêncio, apenas trocando olhadelas e fazendo mínimos movimentos de cabeça para dizer sim e para dizer não. E chegaram à mesma conclusão. Assim sendo, o Grão-Capitão de Justiça se levantou, aproximou-se do troninho, subiu os três degraus e plantou-se à altura de don Angel. O Vice-Rei continuava imóvel, com os olhos ainda arregalados, mas o Grão-Capitão, um pouquinho assustado, de repente se convenceu de que aqueles olhos não tinham possibilidade de ver mais nada. Havia como que um véu transparente estendido sobre as pupilas, um véu impalpável, como se fosse feito de ar, porém mais forte do que o ferro, e que agora o separava para sempre do mundo dos vivos.

Para se certificar, o príncipe de Ficarazzi estendeu devagarinho uma mão e com a ponta do indicador tocou de leve, como que temeroso de entrar em contato com a carne do outro, a ponta do nariz do Vice-Rei.

Não houve reação.

Então o príncipe fez pressão com o dedo e, com o impulso, a cabeça de don Angel foi se inclinando para trás devagarinho, como a de um boneco.

Não havia dúvida.

Sobre o troninho estava sentado um cadáver.

— Creio que está morto — disse à meia-voz o príncipe de Ficarazzi.

Os Conselheiros viraram verdadeiras estátuas de sal.

O primeiro a se livrar da paralisia generalizada foi o protonotário, que se levantou e exclamou:

— Precisamos chamar imediatamente o protomédico para verificar se...

— Verificar, um caralho! — retrucou o príncipe de Ficarazzi, que enquanto isso havia se recuperado.

Era uma situação da qual se podia tirar grande proveito.

O protonotário olhou intrigado para o Grão-Capitão. Por que este não queria que fosse feita a verificação?

— Mas o correto seria que... — insistiu.

— E o que nós sabemos da doença de don Angel? — cortou o príncipe. — Pode ser que ele pareça morto, mas esteja apenas desmaiado ou dormindo. Se acordar e encontrar o médico ao lado, pode interpretar nossa pressa como a vontade de vê-lo morto.

— Então, o que fazemos? — perguntou o bispo.

O príncipe só estava mesmo esperando ouvir aquela pergunta.

— Sugiro prosseguirmos com o Conselho como se não tivesse acontecido nada. No final, se don Angel não tiver dado sinal de vida, aí então chamamos o protomédico.

— Mas como fazemos para saber se o Vice-Rei está de acordo com o que os senhores estabelecerem? — perguntou, dubitativo, o protonotário.

— Quem cala consente — fez o bispo, que era um grandessíssimo finório e havia entendido o propósito do príncipe.

O protonotário não replicou.

E, na hora e meia que se seguiu, os Conselheiros resolveram não só os seus próprios negocinhos como também os dos parentes, os dos amigos e os dos amigos dos amigos. Feudos inteiros foram transferidos de uma linhagem a outra por decreto, heranças em suspenso foram parar onde os testantes jamais haviam pensado que elas fossem parar, casas e terrenos de repente passaram ao patrimônio público, indivíduos espertos como raposas foram nomeados administradores de Justiça e dos bens da Coroa, tutores de riquíssimas orfãzinhas, curadores de grandes massas falidas. Por último foi aprovada uma generosa subvenção semestral que o cinquentão don Simone Trecca, marquês da Trigonella, havia pedido para uma obra de caridade iniciada às suas expensas no ano anterior.

Em seguida o protonotário e o secretário se levantaram, um deles levando nas mãos o grande registro com as deliberações e o outro o tinteiro e a pena, e se aproximaram do Grão-Capitão.

— Sua assinatura — disse o protonotário.

— Ainda não é hora. Seria contra a regra e a lei — liquidou-os o Grão-Capitão.

E, enquanto os dois voltavam aos seus lugares, falou aos Conselheiros.

— Por enquanto, creio que quanto menos pessoas souberem da situação em que se encontra o Vice-Rei, melhor. Então, que seja o secretário a ir chamar o protomédico, dizendo-lhe que don Angel perdeu os sentidos, mas sem fazer estardalhaço, sem deixar as pessoas desconfiadas.

Disse isso em tom autoritário.

Estava escrito na lei e todos sabiam que, em caso de morte repentina do Vice-Rei, seu lugar devia ser ocupado provisoriamente pelo Grão-Capitão de Justiça. Que ficaria em exercício até que o novo Vice-Rei viesse da Espanha.

O protomédico, a quem o secretário havia dito que dom Angel sofrera um desmaio, encontrou todos os Conselheiros reunidos ao pé dos três degraus e exibindo uma expressão bastante preocupada.

— Quando aconteceu? — perguntou.

— Um minuto antes de o secretário ter chamado o senhor. Não perdemos tempo — respondeu o Grão-Capitão.

O protomédico subiu os três degraus e constatou imediatamente que já não havia nada a fazer.

Auscultou o coração de don Angel, tomou-lhe o pulso, encostou o ouvido à boca dele e balançou a cabeça, desolado.

— Não está desmaiado, está morto — declarou, virando-se para os conselheiros. — Deve ter sido o coração, que não aguentou mais, com toda esta gordura.

O protomédico se espantou bastante com a consequência de suas palavras. Os Conselheiros se abandonaram à própria dor, fazendo uma cena comovente que lhe tocou os sentimentos. O bispo ergueu os braços para o céu e se ajoelhou em oração, o príncipe de Ficarazzi cobriu o rosto com as mãos, o duque de Batticani explodiu num pranto descontrolado, o marquês de Roccalumera e o conde de Naso se abraçaram, confortando-se reciprocamente, enquanto o barão de Pachino, inconsolável, murmurava:

— Que terrível desgraça! Que perda irreparável!

Em seguida, o príncipe de Ficarazzi, visivelmente ainda abalado, disse que infelizmente cabia a Sua Excelência o bispo ir dar a infausta notícia à esposa de don Angel, assim como transmitir-lhe a expressão da mais profunda dor, das mais sentidas condolências por parte de todos os Conselheiros.

Tendo saído o bispo, o príncipe deu ao secretário a ordem de ir avisar ao chefe da guarda que todos os estranhos que se encontravam no Palácio fossem postos para fora em questão de segundos, e também a de chamar com urgência o Chefe do Cerimonial.

Quando este último chegou, o príncipe lhe cochichou alguma coisa. O Chefe do Cerimonial foi olhar o cadáver, coçou a nuca, hesitante, retrocedeu e falou demoradamente ao ouvido do Grão-Capitão. O qual fez primeiro um sinal de não com a cabeça, mas por fim abriu os braços e disse:

— Já que não há outra solução...

Quinze minutos depois, o Chefe do Cerimonial voltou, seguido por seis camareiros, todos jovens e parrudos, carregando pelas compridas hastes o andor de Santa Rosália que ficava na capela. A estátua da santa havia sido retirada e deixada no chão, na sacristia.

Os seis camareiros deixaram o andor ao pé dos três degraus, subiram, ergueram dificultosamente o corpo de don Angel e o pousaram sobre a improvisada padiola. Depois, dizendo em coro "um, dois, três e... já!", sustentaram nos ombros as hastes do andor e saíram do salão, enquanto todos os presentes se inclinavam até tocar o solo, em profunda reverência.

O protomédico perguntou se podia se retirar. Antes de responder, o príncipe subiu devagar os três degraus e tentou se sentar no troninho deixado vazio pelo morto, mas que era alto demais para ele. O príncipe fez um esforço para se içar, apoiando-se com as mãos sobre o assento, mas não conseguiu.

Então o protomédico disse:

— Se Vossa Excelência permitir...

Como era um homenzarrão, enfiou as mãos sob as axilas do príncipe, levantou-o no ar e o pousou sobre o troninho como se faz com uma criancinha.

Os pés do Grão-Capitão ficaram balançando no ar, a três palmos do solo. Dentro do troninho ele poderia até nadar.

— Pode ir — disse, agora que estava sentado.

O protomédico se inclinou e saiu.

— De acordo com a lei, a partir deste momento eu assumo as funções de Vice-Rei. Sigam as normas, senhores, e me manifestem sua obediência — ordenou o Grão-Capitão.

— Falta Sua Excelência o bispo — observou o protonotário.

— Enquanto ele não volta, vamos em frente — replicou o príncipe.

Por um momento, ninguém se moveu. De fato, ninguém tinha vontade de manifestar obediência ao príncipe de Ficarazzi, o qual tudo bem que era o Grão-Capitão de Justiça, mas na verdade não passava de um peido inflado de ar, segundo a feliz definição do bispo. Era preciso fazer isso, porém. O duque de Batticani se levantou, parou ao pé dos três degraus, pousou o joelho esquerdo no chão, levou a mão direita ao coração, baixou a cabeça, levantou-se e retornou ao seu lugar. Os outros fizeram o mesmo.

O príncipe teve a impressão de que o troninho estava apertado, a tal ponto ele se sentia transformado num gigante.

— Tragam-me o registro para a assinatura — ordenou.

Agora, seu nome valia igualzinho ao do Rei da Espanha.

Por um momento, ele sentiu uma leve vertigem.

O Vice-Chefe do Cerimonial havia acompanhado o bispo Turro Mendoza aos aposentos do Vice-Rei e, depois de avisar à camareira-chefe de dona Eleonora, fizera-o se instalar numa poltrona da antecâmara, deixando-o sozinho.

O bispo tinha esperado e esperado até esquecer que estava esperando, e espairecera demoradamente pensando nos coroinhas pelos quais alimentava uma intenção especial. Finalmente, abriu-se uma porta e dona Eleonora apareceu.

O bispo se ergueu, mas logo teve que se sentar de novo porque suas pernas tinham ficado tão bambas que pareciam de ricota. Imaginava que, pelos boatos que escutava, veria entrar uma mulher belíssima, mas percebeu que sua imaginação tinha limites.

A jovem que estava ali à sua frente, esperando que ele falasse, tinha cabelos negros, era alta, esbelta, elegante, e se vestia à espanhola. O melhor pintor que existisse sobre a face da terra jamais saberia retratá-la com fidelidade. E que olhos! Grandes, negros como tinta, lembravam uma noite escura e assustadora, mas na qual qualquer um ficaria felicíssimo de se perder pela eternidade.

O bispo conseguiu se levantar e abriu a boca.

Mas foi detido por um gesto da mão de dona Eleonora, de dedos finos, harmoniosos e intermináveis.

— Ha muerto?

Como conseguira saber?

Fosse como fosse, o bispo se surpreendeu com o fato de não haver, na pergunta de dona Eleonora, nem angústia nem dor, nada, era uma simples pergunta e pronto. Quase como se ela se referisse à morte de um cão, e não à do marido.

— Sim — respondeu. — E eu, em nome do Conselho...

Dona Eleonora repetiu o gesto da mão.

— Lo han matado?

O mesmo tom de antes. Afinal, que opinião aquela mulher tinha sobre os Conselheiros? Pensava que don Angel tinha sido liquidado como um touro na arena? À vista de todos? Se pelo menos se tratasse de um lugar solitário, e à noite, quem sabe, quem sabe...

— O Vice-Rei morreu de morte natural. O Senhor o chamou — replicou ele.

— Peço-lhe decir al Gran Capitán de Justicia que necesito hablar con él ahora mismo.

Em seguida, sem dizer palavra, sem sequer mudar de expressão, baixando levemente a cabeça em sinal de saudação, dona Eleonora virou-lhe as costas, abriu a porta e desapareceu.

O bispo ficou perplexo. Afinal, de que era feita aquela mulher? De pedra?

Que coração ela escondia por trás daqueles olhos de um negro sem fundo?

Ao mesmo tempo recordou que dona Eleonora, desde que havia chegado, nunca sentira necessidade de ter um confessor. Uma pena. Se ela tivesse escolhido um padre como diretor espiritual, seguramente ele saberia algo mais sobre aquela mulher que o constrangia.

"Ainda bem que não continuará aqui por muito tempo", pensou, saindo da antecâmara.

No corredor, passou pelo andor com o cadáver do Vice-Rei, que estava sendo trazido para os aposentos privados.

Quando entrou no salão do Conselho, viu que todos tinham ido embora. Já ia virando as costas quando uma voz o deteve.

— Aonde vai? Estou aqui à sua espera.

Virou-se de novo. O Grão-Capitão estava sentado no troninho, mas, de longe, era difícil vê-lo. Parecia um verme no tronco de uma oliveira. O bispo se aproximou.

— Só falta o senhor para me prestar obediência.

O bispo se ajoelhou, apressado, e se levantou.

— Informou à viúva?

— Sim.

— Bom. O Sacro Régio Conselho se reunirá hoje à tarde, às cinco. Precisamos pensar nos solenes funerais, que devem ser grandiosos e dignos do grande homem que foi don Angel.

— Ah, já ia esquecendo — fez o bispo —, dona Eleonora quer falar com o senhor.

— É tão bonita quanto dizem?

O bispo sacudiu negativamente a cabeça.

— Não existem palavras capazes de descrevê-la.

— Tudo bem, passo lá depois do almoço.

— Ela disse que queria vê-lo imediatamente.
— Tudo bem, tudo bem — fez, aborrecido, o Grão-Capitão.
O bispo se retirou.
Se o Vice-Rei fosse vivo, o príncipe atenderia correndo ao chamado. Mas, agora, convinha que dona Eleonora percebesse quem estava no comando.
Então ele ficou mais um tempo no salão, sozinho, desfrutando do troninho.

Às quatro e meia, o mestre marceneiro Bongiovanni entrou no salão e substituiu o troninho reforçado com ferro, que servira para don Angel, por um troninho velho que ele havia reformado às pressas. Tinha inclinado o assento de tal modo que o Grão-Capitão ficaria quase de pé, mesmo parecendo sentado. Assim, sua pouca altura seria menos notada.
Pouco antes da abertura da sessão, o bispo perguntou ao Grão-Capitão se havia falado com a viúva. Este deu um tapa na testa.
— Esqueci completamente! Vou depois do Conselho.
Não havia esquecido, tinha faltado de propósito. Era dona Eleonora que devia se submeter à vontade dele, e não o contrário.
A sessão teve início, de portas abertas. A ordem para isso tinha sido dada pelo Grão-Capitão. Assim, quem passasse diante do salão poderia vê-lo sentado em toda a sua glória.
Só havia um problema. Antes de falar, devia ou não olhar para o trono do Rei, como don Angel fazia? Decidiu que não. Levantou um braço, pedindo silêncio, e disse:
— Estamos aqui reunidos para uma triste tarefa que jamais imaginaríamos e muito menos desejaríamos. O Senhor Deus chamou aos céus esta manhã a alma eleita de don... de don... de don...
E parou de bimbalhar esse "de don", olhos arregalados, fitando o fundo do salão. Don Cono Giallombardo temeu que o príncipe tivesse tido o mesmo piripaque de don Angel. Todas as cabeças se voltaram para a entrada.

No limiar da porta via-se uma mulher alta, esbelta, toda vestida de preto, o rosto ocultado por um espesso véu também preto. Os braços e as mãos estavam cobertos por luvas de veludo, naturalmente preto. Ela começou a caminhar, mas parecia que não pousava os pés no chão, voava sobre o pavimento.

Em meio a um silêncio de chumbo, avançou até o centro do salão e disse, com voz clara e forte:

— Yo soy Eleonora de Guzmán, marquesa de Castel de Rodrigo, e peço la palabra.

Um arrepio de gélido frio, sabe-se lá por quê, percorreu como uma serpente maligna a espinha do Grão-Capitão. Para falar, ele precisou fazer um esforço, tinha os maxilares grudados um ao outro, a garganta ardente como se ele não bebesse nada havia dias.

— Concedida.

— Peço con humildad a este Sacro Régio Conselho y, de manera particular, al Gran Capitán de Justicia que os restos mortais de mi esposo no sean enterrados solemnemente. Sólo la benedición para los difuntos. O ataúde permanecerá em meus aposentos até o dia de nuestra partida para España lo antes posible.

O silêncio ficou mais denso, pesava como uma rocha sobre os ombros dos presentes.

O Grão-Capitão buscou com os olhos os Conselheiros, um a um. Mas todos fitavam o chão. Ah, é? Não queriam tomar partido, aqueles grandessíssimos cornos e canalhas? Então, significava que caberia a ele e só a ele, don Giustino Aliquò, príncipe de Ficarazzi, devolver a senhora marquesa de Castel de Rodrigo ao seu lugar.

— Senhora — disse —, compreendo perfeitamente as razões desse pedido, mas lamento ter que negá-lo de maneira irrevogável. Pela magnificência do funeral, o povo compreenderá o que significa ser Vice-Rei da Sicília, compreenderá que nosso amado Rei da Espanha...

E aqui parou. Porque dona Eleonora havia virado as costas e estava saindo do salão.

— A sessão prossegue — retomou pouco depois o príncipe.

O bispo fez sinal de que desejava falar. O príncipe o autorizou.

— Permito-me observar que talvez fosse possível chegar a um acordo com dona Eleonora.

O príncipe ficou vermelho de raiva.

— Devo recordar-lhe que o senhor me prestou obediência.

— E o que tem a ver? Obediência é uma coisa, ter opinião diferente é outra.

— Em suma, o senhor não está de acordo comigo?

— Não é que eu não esteja de acordo, mas, se o senhor tivesse atendido a dona Eleonora esta manhã, quando ela mandou chamá-lo...

Furioso, o Grão-Capitão o interrompeu.

— Faça-se constar da ata que o bispo Turro Mendoza não está de acordo, e continuemos. Alguém tem outras observações a fazer?

Ninguém disse nada.

Então o Grão-Capitão falou sem parar por uma hora e meia, explicando nos mínimos detalhes como devia ser celebrado o funeral solene.

Primeiro detalhou qual seria a decoração da Catedral e como deviam ser dispostos os assentos. Depois explicou como devia ser composto o cortejo, que partiria do Palácio em direção à Catedral. À frente, um pelotão de soldados armados, seguido por um de marinheiros, e depois o carro fúnebre totalmente coberto de flores. Logo a seguir, uma fileira de cem carruagens descobertas, nas quais viriam todas as autoridades da Sicília. Na primeira, estariam a viúva e, naturalmente, ele, na qualidade de Vice-Rei em exercício.

Mas a sucessão das carruagens tinha de ser estabelecida com base no grau das autoridades que as ocupariam. E aqui perdeu-se muito tempo. Por exemplo: quem devia vir primeiro, o príncipe de Vicari ou o duque de Sommatino? Segundo a heráldica, vinha primeiro o príncipe, mas devia-se levar em conta que o duque de Sommatino era dignitário da Corte e o príncipe, não.

Em suma, para encurtar a história, desceu a escuridão da noite e foram acesos os candelabros.

O secretário sentia o braço dormente, de tanto escrever. Ao protonotário veio uma grande dor de cabeça.

Mas o Grão-Capitão parecia possuído pelos sete espíritos, mexia-se sem parar no troninho. O prazer do poder lhe dava contínua energia.

— E agora devemos estabelecer onde ficará o po... po...

Queria dizer o povo, mas não conseguiu.

Porque, na meia-luz, tinha vislumbrado, parada no limiar da porta, a alta figura de dona Eleonora.

De novo?!

E o que desejava agora, esta mulher chatíssima?

A marquesa, que trazia na mão um envelope, avançou até o meio do salão, desculpou-se pela interrupção e pediu licença para falar.

— Tudo bem — disse, grosseiro, o Grão-Capitão.

Dona Eleonora disse que, examinando as gavetas da escrivaninha do marido, tinha encontrado uma carta dirigida ao Sacro Régio Conselho.

— É importante? — perguntou o Grão-Capitão.

— Eu não abri.

— Secretário, pegue a carta, nós a leremos depois da reunião.

— Hay que leerla con urgencia — disse, firme, dona Eleonora.

— A urgência quem estabelece sou eu — retrucou o Grão-Capitão, vermelho como um pimentão.

— Está escrito en el sobre — rebateu a marquesa.

— Talvez seja melhor ler — interveio o bispo.

— Então, leiamos — disseram a uma só voz don Cono Giallombardo e don Severino Lomascio.

O Grão-Capitão fulminou os dois com uma olhada, mas se rendeu.

— Tudo bem. Secretário, abra e leia a carta.

Não sabia que, com essas palavras, se rendia à sua própria ruína.

CAPÍTULO 3

Dona Eleonora se torna Vice-Rainha e conquista quase todos, com algumas exceções

O secretário se levantou, foi pegar o envelope, examinou-o com atenção e disse:
— De fato, aqui está escrito "em caso de minha morte repentina, entregar ao Sacro Régio Conselho e pedir leitura imediata". Há também o sinete e a assinatura de don Angel. O que faço, rompo o lacre?
— Claro — disse o Grão-Capitão.
O secretário rompeu o lacre, abriu o envelope, tirou um papel e o ergueu no alto, mostrando-o a todos.
— É a letra do Vice-Rei — disse.
— Adiante, adiante — fez o bispo, impaciente.
Finalmente o protonotário começou a ler.

Aqui exprimo minha última vontade, que comunico aos senhores em pleno domínio de minhas faculdades mentais e no exercício dos poderes conferidos à minha pessoa pela graça de Deus e de Sua Majestade o Rei Carlos III da Espanha. Em caso de minha morte repentina, minha dileta esposa dona Eleonora de Moura, marquesa de Castel de Rodrigo, deverá assumir a pleno título o cargo de Vice-Rainha da Sicília, com todos os ônus e honras, os deveres e os direitos anexos a tal cargo, à espera de que a Sacra Pessoa de Sua Majestade Carlos III dê consentimento a esta minha vontade ou, em caso contrário, envie outra pessoa por Ele escolhida. Portanto, não vigora a norma costumeira de que, na ausência do Vice-Rei, o Grão-Capitão de Justiça assuma provisoriamente o cargo. Esta é a minha vontade, e desejo que seja de imediato acolhida e respeitada por todos.

Assinado: O Vice-Rei, don Angel de Guzmán, marquês de Castel de Rodrigo.

O silêncio foi tal que se ouviu até o voejar de uma mosca junto à cabeça do protonotário.

— Caralho! — foi a primeira palavra que o quebrou.

Tinha sido o bispo a pronunciá-la.

Em seguida foi um tal de murmurar, de cochichar, de gesticular, de se agitar, com algumas risadinhas escutadas aqui e ali e imediatamente abafadas.

O príncipe de Ficarazzi voltou a si do enorme choque que o deixara paralisado, atordoado e meio desmaiado, conseguiu dificultosamente ficar de pé sobre o troninho, como se quisesse parecer ainda mais alto do que todos os outros, e gritou:

— Esse testamento não tem nenhum valor!

— Mas por quê? — fez o bispo. — Foi escrito de próprio punho pelo Vice-Rei, e inclusive estava bem lacrado!

— Porque... porque... — gaguejou o Grão-Capitão, procurando desesperadamente uma razão qualquer para as palavras que acabava de dizer. Mas não lhe ocorria umazinha só que fosse.

— Ouçamos a opinião do protonotário, que conhece bem a lei — sugeriu don Cono Giallombardo.

— Sim, ouçamos, ouçamos! — disseram em coro os outros Conselheiros, assumindo um poder decisório que não tinham.

Don Gerlando Musumarra se levantou. Apesar da pouca luz, via-se que ele estava pálido e preocupado.

— Não há muito o que dizer. A lei é clara e não admite dúvidas. A vontade do Vice-Rei é suprema e inquestionável, quer tenha sido expressada oralmente, diante de testemunhas, quer por escrito. Como neste caso. E deve ser respeitada, mesmo que todo o Conselho seja contrário.

— Mas é a vontade de um morto! — berrou o Grão-Capitão.

— Sem falar que, por isso mesmo, ela teria ainda mais valor, don Angel a declarou, por escrito, quando ainda vivia — replicou friamente o protonotário.

O Grão-Capitão, embora percebesse claramente que todo o Conselho estava contra ele, não queria largar o osso.

— Mas a norma não pode ser mudada pelo Vice-Rei, somente o próprio Rei pode fazer isso!

— E, de fato, a norma não foi mudada — replicou o protonotário. — Tanto que foi o senhor quem assinou as deliberações estabelecidas hoje, após a morte do Vice-Rei. Portanto, depois de morto, o Vice-Rei continuou, através de sua pessoa, senhor príncipe, a manifestar a vontade dele. Se questionarmos o testamento, deveremos necessariamente questionar também todas as decisões tomadas hoje de manhã pelo Conselho, porque não trazem a assinatura de don Angel.

Era um golpe baixo, dado pelo protonotário. Dava a entender que, se o testamento fosse recusado, então todos os malfeitos, os favores, os abusos, as exorbitâncias que os Conselheiros haviam transformado em lei, fingindo que o Vice-Rei estava somente desmaiado e não morto, corriam o risco de ir por água abaixo.

Durante um momento, o príncipe de Ficarazzi ficou mudo. E o bispo aproveitou.

— Por que não submetemos a aprovação do testamento à votação do Conselho? — perguntou, fazendo uma cara de anjinho inocente.

Os Conselheiros se empolgaram.

— Votemos! Votemos! — disseram em coro.

O Grão-Capitão percebeu haver perdido a partida. Sentou-se de novo no troninho.

— Façam como acharem melhor.

— Quem considera válido o testamento levante o braço — disse o protonotário.

Cinco braços se ergueram. O testamento de don Angel tinha sido aprovado.

Então todos se voltaram para olhar dona Eleonora, que continuara parada e muda no meio do salão.

— Dê-me esse lugar — disse ela ao príncipe, sem que em sua voz houvesse o mínimo tom imperioso.

Mas o príncipe se assustou justamente por essa ausência de comando. A frieza daquela mulher lhe gelava o sangue. Baixou a cabeça, desceu do troninho e retornou ao seu lugar de Grão-Capitão.

Dona Eleonora atravessou o salão sob os olhares hipnotizados dos presentes, parou diante do trono vazio do Rei, baixou a cabeça, afastou-se, subiu graciosamente os três degraus, sentou-se no troninho, ajeitou o vestido e depois, bem devagar, levantou o véu negro, descobrindo o rosto.

Todos perderam o fôlego de repente.

Foi como se no escuro do salão tivesse surgido um ponto de luz mais brilhante do que o sol, tão ofuscante que fazia lacrimejarem os olhos.

— Deem-me o sinal de sua obediência.

Também desta vez, nenhum tom de comando: era uma simples, educada e gentil solicitação de uma mulher de grande nobreza.

Os Conselheiros, cagando e andando para a hierarquia, saltaram de pé todos os seis, inclusive o Grão-Capitão, ainda sem fôlego, e, como se aquilo fosse uma competição, correram para o troninho trocando empurrões e cotoveladas, amontoaram-se ao pé dos três degraus, ajoelharam-se, levaram a mão direita ao coração e inclinaram a cabeça.

Nesse exato momento, don Cono Giallombardo deixou escapar um murmúrio:

— Linda!

— Linda! — ecoaram os outros cinco conselheiros.

— Linda, linda!

— Linda, linda! — repetiram os outros.

— Mulher do Paraíso! — exclamou don Cono.

— Mulher do Paraíso! — entoaram os outros, como numa ladainha.

Dona Eleonora interrompeu a adoração.

— Voltem aos seus lugares.

Afastaram-se a contragosto, com a cabeça voltada para ela, como quem deve deixar uma fonte de água embora ainda tenha sede.

Dona Eleonora falou.

— Confirmo que no habrá ningun entierro de solemnidad y ninguna visita de condolencias. O Sacro Régio Conselho se reunirá pasado mañana a la misma hora de hoy. La sesión ha terminado.

Como foi que, de uma hora para outra, Palermo inteira veio a saber, enquanto a sessão ainda estava em curso, que no lugar do Vice-Rei, morto naquela manhã, estava agora uma mulher?

A maioria das pessoas não acreditou, convenceu-se de que aquilo era uma brincadeira. Não era concebível que uma mulher pudesse se meter a governar a Sicília.

E não estavam tão errados assim, considerando-se como tinham sido as coisas nos últimos tempos.

No ano de 1611 o Vice-Rei Duque de Osuna, apenas uma semana depois de desembarcar em Palermo, havia escrito textualmente ao Rei: "Aqui, ninguém está em segurança nem mesmo dentro da própria casa. Este Reino não reconhece nem Deus nem Vossa Majestade; tudo se vende por dinheiro, inclusive as vidas e os bens do pobre, as propriedades do Rei e até a Justiça. Nunca vi nem ouvi nada comparável à criminalidade e às desordens daqui".

Como era um homem com colhões, ele procurou restabelecer a lei e a ordem. E em parte conseguiu, usando punho de ferro. Mas depois teve que retornar à Espanha e a situação ficou pior do que antes.

As taxas, as gabelas, os impostos alfandegários aumentavam a cada dia sem motivo aparente e incidiam sobre todas as coisas: trigo, farinha, grão-de-bico, favas, seda, tecidos em geral, ovos, queijo... Para incluir tudo, só faltava instituir a gabela sobre o ar.

Como se não bastasse, meteram-se no meio a peste e o cólera, que se afeiçoaram à cidade e de vez em quando apareciam para cumprimentar, deixando um rastro de mortos e de famintos que já não sabiam como sobreviver.

Em seguida, até os bichos de criação começaram a morrer de fome, porque os camponeses não tinham mais dinheiro para comprar forragem. Os Vice-Reis não souberam como enfrentar a grave situação. E, para piorar, desencadeou-se uma grande escassez.

A seca e o pavoroso aumento dos impostos provocaram, em 1647, a sangrenta revolta de Palermo.

Houve centenas de mortos, além de saques, incêndios, assassinato de famílias inteiras. A fúria do povo contra os burgueses, os ricos e os nobres não conheceu limites. Os soldados espanhóis eram esquartejados dentro das próprias casernas.

Depois, quando Deus quis, a carnificina foi acabando aos poucos. Mas as consequências duraram longamente, sob a forma de centenas de órfãos e órfãs de todas as idades que não tinham nada para comer e roubavam ou pediam esmola; sob a forma de viúvas e mocinhas que, não tendo o que vender, vendiam-se elas mesmas; sob a forma de contínuas violências e de uma corrupção que se tornara comum a todos.

Por ocasião da morte de don Angel, todas essas consequências ainda estavam presentes, talvez até aumentadas. Portanto, se um homem não tinha sido capaz de resolvê-las, imagine-se uma mulher.

A qual, como se sabe, vale bem menos do que um homem. E, em certos casos, menos até do que um bom animal.

E se por acaso ela meter na cabeça que vale mais, convém devolvê-la imediatamente ao seu lugar. E de fato...

O alfaiate Palminteri voltou correndo para casa e, assim que entrou, encheu de pancadas a mulher.

— Mas o que eu lhe fiz? — perguntou a coitada, chorando.

— Nada. Foi só mesmo para lhe lembrar quem é que manda!

E também Michiluzzo Digiovanni, um rapaz de vinte e cinco anos, forte como um touro, foi para casa, despiu a mulher, estendeu-a na cama e trabalhou em cima dela por três horas seguidas, como se fosse um bicho. E quando a mulher lhe pediu que parasse porque sentia a espinha dorsal arrebentada, e perguntou por que ele fazia aquilo, Michiluzzo respondeu que estava se vingando.

O baronete Tricase decidiu que daquele momento em diante sua mulher já não comeria com ele, mas sozinha e servindo-se por conta própria, num quartinho onde a criadagem fazia as refeições, ao lado da cozinha.

Don Pasquali Pisciotta, comerciante de tecidos, disse à mulher que, quando viesse lhe pedir dinheiro para as compras de casa, ela devia se ajoelhar.

Por conseguinte, os Conselheiros, quando saíram para o grande pátio a fim de tomar suas carruagens, viram-se assediados por uma grande quantidade de amigos e conhecidos, todos comidos vivos pela curiosidade.
— Mas como foi?
— O que aconteceu?
— Isto é pior do que uma revolução!
Don Alterio Pignato acabava de entrar em sua carruagem quando um homem saltou para o estribo e surgiu na janelinha. Era o marquês da Trigonella, don Simone Trecca.
— Desculpe tomar seu tempo, don Alterio, mas eu queria saber se meu pedido de ajuda para minha Obra Pia...
— Tenho o prazer de lhe comunicar que a deliberação, tal como a detalhamos, foi aprovada hoje de manhã, sem problemas.
— Agradeço do fundo do coração. Eu não duvidava de sua generosidade. E, se quiser me dar a honra de ir visitar minha Obra Pia, para o senhor as portas estão sempre abertas. O endereço já é do seu conhecimento.
Don Alterio pensou um pouquinho.
— Eu poderia aparecer por lá amanhã, uma hora depois do pôr-do-sol.
— Ficarei à sua espera.

Nas primeiras luzes da alvorada do dia seguinte, quem passou em frente a duas edificações que davam para o Cassaro percebeu que na fachada de uma estava pregado um cartaz com este texto, escrito por mão anônima durante a noite:

Vice-Rei mulher não é coisa de respeito
As mulheres são boas somente no leito.

Mas, na fachada da outra, estava pendurado um segundo, em tom completamente diferente.

*Estes Conselheiros, tão imundos e safados,
é bom que sejam por uma mulher comandados.*

A cidade tinha dado suas opiniões. Mas, sendo opiniões opostas, acabavam, como sempre na Sicília, não tendo nenhum valor.

O melhor artesão de ataúdes da cidade, 'Ngilino Scimè, preparou em pouco tempo o caixão gigante para don Angel, adaptando às medidas do falecido um outro que ele mantinha reservado para o barão de Ribolla, homem muito corpulento, que havia seis meses estava no morre-não-morre mas não morria nunca.

Levou-o para o Palácio, com dois coveiros, às nove da manhã.

E assim o cadáver, que na véspera havia sido benzido por Don Asciolla, o capelão, foi acomodado ali dentro, levado para um quartinho especialmente preparado e colocado sobre um cavalete de ferro.

Dona Eleonora mandou instalar nos lados quatro enormes candelabros, ordenando que as velas permanecessem sempre acesas, dia e noite.

Depois, pela primeira vez desde quando seu marido morrera, sofreu um desmaio. Havia passado a noite inteira velando don Angel.

Preocupada, a camareira-chefe correu ao Chefe do Cerimonial, que foi chamar às pressas o protomédico don Serafino Gustaloca.

O qual, jamais tendo tido oportunidade de ver dona Eleonora, quando a encontrou à sua frente não só teve ele mesmo um leve desmaio, como também no mesmo instante compreendeu estar perdidamente apaixonado por aquela mulher.

Don Serafino era um homenzarrão de quarenta e cinco anos, pálido e desmazelado, que por toda a sua vida se dedicara ao estudo da medicina. Era dotado de um caráter sincero, leal, e de boas qualidades. Nunca se casara e morava na casa da mãe, junto com uma irmã mais velha do que ele e igualmente solteirona.

Era a primeira vez que don Serafino experimentava um sentimento de amor e, por não ter nenhuma experiência, não soube como agir para escondê-lo, embora quisesse fazer isso, e o deixou transparecer de imediato, empalidecendo ao olhar para dona Eleonora.

De repente havia esquecido quem era, onde estava e o que fazia ali.

Felizmente, como ele ficara sem forças, a maleta com as ervas e os medicamentos caiu-lhe das mãos, e o barulho que fez ao bater no chão o despertou.

Pediu que dona Eleonora fosse despida pelas camareiras e instalada na cama, enquanto ele esperava no aposento ao lado. Depois entrou, todo suado, a garganta seca, estendeu uma mão trêmula e tocou a testa de dona Eleonora, que o olhava fixamente.

Em seguida pegou a mão dela para sentir o pulso e, por um momento, teve a impressão de que os dedos da mulher apertavam os seus. Sentiu uma tontura e despencou numa cadeira que por sorte estava perto.

Dona Eleonora sorriu internamente. Tinha feito um amigo, e compreendia que precisava de amigos.

O protomédico, meio gaguejante, explicou à camareira-chefe como preparar uma tisana com a erva contida num saquinho e disse a dona Eleonora que esperaria no quarto ao lado. Ela, porém, pediu que ele ficasse e se sentasse.

Com o coração disparado, don Serafino obedeceu.

Então dona Eleonora perguntou se don Angel havia sofrido. Don Serafino excluiu essa hipótese da maneira mais absoluta.

Dona Eleonora fechou os olhos por um momento, depois os reabriu e fez uma segunda pergunta. Quem tinha ido chamá-lo? O secretário.

E o que o secretário lhe dissera, exatamente? Que o Vice-Rei tivera um simples desfalecimento.

Em seguida dona Eleonora fez mais uma pergunta que até um homem ingênuo como don Serafino compreendeu o quanto era insidiosa. Em sua opinião, quando ele constatara o falecimento, o Vice-Rei estava morto havia quanto tempo? Don Serafino logo se convenceu de que só poderia falar a verdade verdadeira. Respondeu então que o Grão-Capitão lhe dissera que os Conselheiros tinham mandado chamá-lo de imediato, mas, segundo sua experiência, don Angel tinha morrido duas horas antes, no mínimo.

— Ah! — fez dona Eleonora.

Então chegou a tisana. Don Serafino quis ministrá-la ele mesmo, mas, quando colocou a mão na nuca de dona Eleonora para manter elevada a cabeça dela, começou a tremer tão forte que quase derramou o líquido em cima da cama. A camareira-chefe interveio, enquanto o protomédico se largava atarantado sobre a cadeira.

Um tempinho depois, os olhos de dona Eleonora começaram a piscar.

— Tengo sueño.

Don Serafino se levantou.

— Peço-lhe volver por la tarde.

Don Serafino teve a impressão de que havia furado de repente o teto e estava voando nos céus.

— Às suas ordens.

— Necesito hablar de nuevo con Usted. Pero não passe pelo portón. Há una salida secreta, Estrella vai lhe mostrar. Use essa. Yo a usei casi todos los días.

— A senhora? — espantou-se don Serafino.

Dona Eleonora sorriu com malícia.

— Yo conozco Palermo mejor que Usted.

Desta vez o sorriso de dona Eleonora foi ainda mais malicioso.

— Yo sé ter prudencia.

— Serafì, diga à mamãe, por que você não come? — perguntou dona Sidora, a mãe do protomédico.

— Está se sentindo mal, Serafì? — emendou Concittina, a irmã do protomédico.

Mas como don Serafino podia ter apetite, se dona Eleonora não saía do seu pensamento, como se estivesse ali em carne e osso?

Para piorar, ao voltar para casa ele tinha sido assediado pelas duas mulheres, que desejavam saber se a marquesa era tão bonita quanto se dizia, como estava vestida, como se comportava... Um verdadeiro suplício.

Retirou-se para seu dormitório, mas não o aguentou: mesmo tratando-se de um aposento cheio dos livros de que ele tanto gostava, pareceu-lhe despojado como uma gruta.

Então se fechou no quartinho das necessidades, tirou a roupa e se lavou todinho para se refrescar. Sentia-se queimando como se tivesse uma violenta febre.

Trocou de roupa e saiu para fazer uma longa caminhada. Duas ou três vezes, arriscou-se a morrer esmagado pelas carruagens. Estava com a cabeça no ar. Às cinco, chegou em frente ao Palácio.

Bateu à portinha dos fundos, como lhe fora ensinado por Estrella, a camareira-chefe, e um guarda abriu para ele. Estrella o esperava na antecâmara. O protomédico perguntou se a marquesa havia comido. Um caldinho leve e um pouquinho de salada. Depois tinha se deitado de novo.

Quando entrou no quarto de dona Eleonora, don Serafino a encontrou dormindo. Então se sentou, sem fazer o mínimo ruído, e ficou olhando para ela, hipnotizado.

De repente se deu conta de que duas grossas lágrimas desciam de seus próprios olhos. Enxugou-as.

Pouco depois, a marquesa acordou, viu o protomédico e lhe sorriu.

Don Serafino percebeu uma coisa estranha: era como se os sinos da Catedral tivessem começado todos a tocar festivamente dentro de sua cabeça. Dona Eleonora conversou com ele longamente, mas a certa altura disse que precisava se levantar e se vestir, porque estava esperando umas pessoas.

Quando saiu, uma hora depois do pôr-do-sol, don Serafino havia respondido a uma centena de perguntas de dona Eleonora.

No caminho de volta, pela primeira vez na vida ele começou a cantar, mas em voz baixa.

CAPÍTULO 4

Dona Eleonora preside o Sacro Régio Conselho e desagrada a todos

Enquanto don Serafino voltava todo contente para casa, uma carruagem anônima, sem emblemas, parava diante de um palacete recém-pintado, de três andares, um pouco isolado, numa rua solitária e malconservada.

O cocheiro, a quem se dera a ordem de não vestir a libré, desceu rapidamente da boleia e foi abrir a portinhola.

O duque de Batticani, don Alterio Pignato, desembarcou, olhando cautelosamente à direita e à esquerda. Usava um lenço cobrindo a face, como se estivesse resfriado.

— Devo esperar, Excelência? — perguntou o cocheiro.

O duque hesitou um momento.

— Não, pode ser uma coisa demorada. Façamos o seguinte: venha me buscar daqui a umas duas horas. Se eu não tiver terminado, espere.

Guardou o lenço no bolso e só bateu depois que a carruagem partiu. A portinha encaixada no grande portão foi imediatamente aberta por don Simone Trecca em pessoa.

— Ouvi sua chegada e vim correndo recebê-lo.

— Como vê, senhor marquês, mantive minha palavra.

— E eu, senhor duque, estou aqui, pronto para acolhê-lo com todas as honras que merece.

Afastou-se de lado. Don Alterio entrou, don Simone fechou o portão. Os candelabros estavam todos acesos.

— No térreo — explicou don Simone — ficam a capela, o refeitório, a cozinha, dois quartinhos de necessidades, um escritório e o salão onde as pobres órfãzinhas aprendem costura. Quer ver os aposentos?

Don Alterio não tinha vontade e fingiu não ter ouvido.

— Que idade elas têm?

— Dos dezesseis aos vinte. São todas mocinhas de boa família, filhas de pequenos comerciantes, funcionários, alfaiates, barbeiros, que a desventura deixou órfãs e desprovidas de parentes e de sustento.

— Quantas o senhor mantém aqui atualmente?

— Neste momento, são apenas vinte e cinco, mas, com a generosa contribuição que o senhor teve a bondade de me conseguir do Conselho, poderei manter até quarenta.

E, ao dizer isso, lambeu os lábios.

— E onde dormem?

— Vinte no primeiro andar e cinco no segundo, que por enquanto está quase desabitado. Mas as celas para as que virão já estão prontas.

— No terceiro, quem fica?

— As duas vigilantes, as quatro camareiras e a professora de costura. E também há outros aposentos onde guardamos tudo o que é necessário à manutenção da casa e das moças.

— Como é possível este silêncio?

Don Simone sorriu.

— A regra da casa é que se janta ao pôr-do-sol, em seguida vai-se rezar na capela e, imediatamente depois, todas vão dormir. Aqui, o despertar é às quatro da manhã. Após as orações, elas começam a trabalhar. Quer ir até lá em cima?

Don Alterio se sentia um pouquinho decepcionado. Segundo os boatos que haviam lhe chegado aos ouvidos de todas as partes, a coisa deveria ser diferente.

— Mas se elas já estão dormindo...

— Vale a pena do mesmo jeito, acredite.

Don Alterio subiu a escada atrás de don Simone.

Viu-se num corredor estreito, iluminado exatamente como o de um convento. Havia vinte e duas portas, onze de cada lado. No fundo, outra escada levava ao andar de cima.

— Quer olhar dentro das celas?

— Mas será preciso abrir as portas e...

— Todas as portas têm uma pequena vigia, e dentro da cela as moças são obrigadas a manter uma candeia sempre acesa. Veja, veja, é um belo espetáculo.

Don Alterio encostou o olho à vigia da primeira porta. A candeia iluminava o suficiente.

Era uma cela espartana: um enxergão, um criado-mudo, um genuflexório, um tripé com a respectiva bacia e a jarra com água para a higiene, um balde para a água suja, uma cadeira e um cabide de parede.

Uma jovem de seus dezoito anos dormia sobre o lençol, por causa do forte calor que fazia. A camisola se franzira até o ventre e mostrava um par de coxas que provocavam a repentina vontade de acariciá-las.

Em seguida, don Alterio se extasiou por uma bunda de vinte anos, por um par de seios brancos e rijos como mármore, por um montinho de Vênus que parecia feito de veludo...

E continuaria a olhar dentro de todas as vinte celas e até dentro dos dois quartinhos de necessidades se don Simone não lhe dissesse:

— Vamos subir ao outro piso.

Ao percorrer a escada, virou-se para anunciar:

— Agora o senhor vai conhecer as cinco mais bonitas.

Aqui, as celas eram iluminadas por três candeias. Dentro da primeira estava uma loura de carnes um tanto abundantes, depois vinham três celas vazias e, na quinta, dormia uma ruiva que devia ter a carne rija como ferro. Depois de outras três celas vazias, havia... havia uma maravilha de Deus.

Don Alterio ficou pálido, ao olhá-la.

Era uma jovem de dezoito anos, alta, cabelos negros e longos até os ombros, pernas que não acabavam nunca, que estava plantada no meio da cela com as coxas abertas. Tendo compreendido que alguém a observava do lado de fora, despiu lentamente a camisola e ficou nua, com as mãos nos quadris. Em desafio.

— Quer ver as duas últimas?

— Não.

— Gostou desta?
— Sim.
— É daquelas a quem se pode pedir qualquer coisa. Não reclama e nunca diz não.
— Melhor assim. Devo pagar a ela?
Don Simone se escandalizou.
— Mas o que passa pela sua cabeça? Está brincando? Acha que ela é puta? É uma pobre órfã, filha de um mordomo do príncipe de Lampedusa, chama-se Cilistina Anzillotta, eu a abriguei aqui a pedido do barão...
— Tudo bem, tudo bem — cortou don Alterio.
— Então, tome a chave. Quando acabar, cuidado, tranque-a lá dentro. Essa moça é um demônio, é capaz de fugir. Eu vou passar um tempinho com a loura. Quando sair, olhe pela vigia da cela. Se eu estiver, bata e eu saio. Se eu não estiver, espero o senhor lá embaixo.

Duas horas e meia depois, don Alterio saiu da cela e fechou com chave a porta. Ofegava, a moça o deixara descadeirado. Na cela da loura, don Simone não estava. Encontrou-o esperando lá embaixo.
— Tudo bem?
— Tudo bem.
— Mais alguma coisa?
— Não, obrigado. Ah, uma pergunta.
— Diga.
— Posso voltar depois de amanhã?

Seria capaz de passar a noite inteira com Cilistina. Ela lhe entrara no sangue. Mas não podia, de jeito nenhum. Em casa esperava-o sua mulher Matilde, que faria um escândalo se não o visse de volta.
— Senhor duque, aqui o senhor é o patrão. Quero apenas lembrar que, quanto mais cedo eu receber a subvenção, melhor será para todos.

Naquele mesmo horário em que don Alterio Pignato visitava com enorme satisfação a Obra Pia de don Simone Trecca, cinco Conselheiros se encontravam reunidos na casa do Grão-Capitão de Justiça.

Tinham chegado em silêncio, sem se fazer notar, a pé, com o chapéu enfiado até as sobrancelhas, o manto enrolado e levantado até a boca, repentinamente convocados pelo príncipe de Ficarazzi.

Só faltava don Alterio, que ninguém conseguira encontrar.

— Vou entrar logo no assunto para não os fazer perder tempo — disse o príncipe. — Tive que incomodar os senhores porque esta noite pensei demoradamente naquilo que aconteceu ontem no Sacro Régio Conselho e cheguei a algumas conclusões.

Todos pensaram logo que o príncipe queria voltar à questão do testamento de don Angel. Mas agora já não havia nada a fazer, portanto...

— Convém compreender, senhor príncipe — atacou o bispo —, que o finado Vice-Rei, expressando sua vontade de...

— Não é disso que desejo falar. Para mim, são águas passadas — interrompeu o Grão-Capitão.

— Então, a que o senhor se refere? — perguntou don Severino Lomascio.

— À embriaguez — disse o príncipe.

Os Conselheiros se entreolharam, perplexos.

— Que embriaguez? Ninguém aqui se embriagou — reagiu, espantado, don Arcangelo Laferla.

— Todos nós nos embriagamos! Todos! — rebateu o príncipe, exaltado, levantando a voz. — Nós nos embriagamos com a extraordinária beleza de dona Eleonora e não compreendemos mais nada! Quase a colocamos em cima de um altar, como uma santa!

— Lá isto é verdade — disse don Cono Giallombardo. — Mas foi um gesto espontâneo, uma homenagem que...

— Que, se não tomarmos cuidado, pode custar muito caro a todos nós — concluiu o príncipe.

— Em que sentido? — perguntou cauteloso o bispo, enquanto pensava, surpreso, que o Grão-Capitão estava se revelando menos um peido inflado de ar do que ele tinha acreditado.

— No sentido de que essa mulher, se quiser, em poucos instantes pode nos reduzir a marionetes em suas mãos.

— Efetivamente... — admitiu o bispo, após um breve silêncio pensativo.

— Mas o que podemos fazer para nos defender? — perguntou don Cono. — A beleza fascina só por ser vista! Não podemos ficar no Conselho de olhos fechados, para não a ver!

O príncipe retomou a palavra.

— Eu explico. Considerando que dona Eleonora me parece uma mulher perigosa, que tem muito clara a ideia daquilo que deseja fazer, e o que ela deseja fazer não creio que seja o mesmo que nós queremos, considerando tudo isso, digo que a primeira coisa na qual devemos pensar é em como manter com ela a mesma liberdade de movimentos que tínhamos desde quando don Angel caiu doente.

— Mas como faremos para dizer não à vontade dela? A vontade dela é lei — afirmou don Severino Lomascio, que, na qualidade de Juiz da Monarquia, entendia desses assuntos.

— Precisaremos de tempo, mas chegaremos lá. Enquanto isso, nós seis devemos sempre manter, diante dela, uma só e única opinião — disse o príncipe. — Vou lhes fazer uma proposta. Toda terça-feira, ou seja, na véspera do Conselho, deveremos nos reunir e discutir os assuntos do dia seguinte. E então chegar ao Conselho tendo estabelecido antes um acordo comum. Desse acordo, não devemos nos afastar nem um milímetro. Por conseguinte, pode acontecer que uma lei seja aprovada somente pela vontade de dona Eleonora, mas com o parecer negativo de todo o Conselho.

— E o que ganharemos com isso? Afinal, a lei será aprovada do mesmo jeito — comentou don Cono.

— Mas o senhor não viu que a cidade está dividida entre os que são contrários a uma mulher no governo e os que são favoráveis? Devemos nos aproveitar dessa situação. Convém fazer os que são contra uma Vice-Rainha saberem que nós Conselheiros não estamos de acordo com ela. É preciso que toda a população fique do nosso lado!

— É difícil — disse don Cono.

— Por quê?

— Porque, ao que me parece ter compreendido, as mulheres palermitanas estão comemorando a ideia de que uma mulher nos comande.

— Minha esposa, não — afirmou don Arcangelo. — Ao saber como dona Eleonora é bonita, fez uma cena de ciúme.

— A minha também — disse don Severino Lomascio.

O príncipe os chamou à ordem.

— Falemos de coisas sérias, por favor. Portanto, considerando-se a situação, faremos a proposta de que todas as sessões sejam públicas.

— E depois?

— Depois, um incêndio aqui, uma sublevaçãozinha ali, dois ou três mortos por acaso, e poderemos escrever a Sua Majestade, na Espanha, uma bela carta na qual diremos que a situação ficou mais grave aqui e que dona Eleonora, com sua teimosia, está contribuindo para precipitá-la. O que acham?

— A mim parece razoável — disse o bispo.

Os outros se declararam da mesma opinião.

— Mas, enquanto isso, atenção: dona Eleonora — retomou o príncipe — precisa ser tratada como merece.

— Ou seja? — perguntou don Cono.

— Deve ser tratada com respeito, devoção e admiração, e ter a impressão de que estamos sempre de joelhos diante dela. Ordenei ao Chefe do Cerimonial que a cada reunião, a começar por amanhã, aos pés dos três degraus do troninho sejam colocados seis grandes buquês de flores, um por Conselheiro.

— E quem paga? — quis saber don Severino Lomascio, que era um pouquinho unha-de-fome.

— Nós pagamos, um por vez. Gastando dez, poderemos ganhar mil — disse o príncipe.

Meia hora depois, a reunião terminou.

Os Conselheiros não perceberam nada, mas, assim que todos acabaram de entrar no salão e se sentaram em seus lugares, admirando as maravilhosas flores dispostas aos pés dos três degraus, o Palácio foi circundado completamente pelos soldados espanhóis armados, sob as ordens de um capitão. E a entrada de qualquer pessoa foi impedida.

Em seguida, apareceu dona Eleonora e os presentes ficaram de pé. Ela atravessou o salão como se voasse a um palmo do solo e se deteve ao ver as flores. Virou-se para olhar os Conselheiros e sorriu.

Os seis Conselheiros oscilaram todos ao mesmo tempo, como os cimos das árvores agitados pelo vento.

"Se ela continuar a sorrir assim, estamos fodidos", pensou instantaneamente don Cono.

— Muchas gracias — disse dona Eleonora.

Que voz! Uma música celestial! Uma melodia, um canto de anjos...

Dona Eleonora foi se instalar no troninho, cujo assento havia sido devolvido à perfeita posição horizontal.

Mas, antes que o protonotário pedisse licença para declarar aberta a sessão, aconteceu uma coisa estranha.

Um ruído seco, como o de um tiro, veio da porta. Todos se voltaram. O barulho tinha sido feito pelos tacões do general Miguel Blasco de Timpa, comandante do exército espanhol na ilha.

Ereto e rígido na saudação marcial, ele observava fixamente o troninho com os olhos apavorantes do guerreiro habituado a não ter piedade nem consideração por ninguém.

Dona Eleonora acenou para ele avançar.

O general se aproximou com passo militar, o sabre de cavaleiro e as condecorações tilintando, e parou ao pé dos três degraus, mas um pouquinho de lado.

Plantou-se ali como um poste, pernas afastadas e braços cruzados.

Os Conselheiros se entreolharam, um tantinho preocupados.

Que novidade era aquela? Jamais acontecera que o comandante do exército participasse de um Sacro Régio Conselho. Não lhe cabia. Então, o que significava?

Dona Eleonora não explicou.

Em vez disso, muda, apontou o indicador para o protonotário e este declarou aberta a sessão. Logo em seguida o secretário se levantou, mas dona Eleonora o deteve erguendo a mão e informando que, antes de tudo, queria fazer uma declaração de abertura.

Falando lentamente, a fim de não deixar equívocos quanto ao que estava dizendo, afirmou ter boas razões para acreditar que seu pobre marido, durante o último Sacro Régio Conselho, praticamente não estava em condições de compreender o que acontecia em torno dele.

Esclareceu que naquela mesma manhã, desde quando se levantara, don Angel tinha desmaiado duas vezes, e isso os camareiros pessoais podiam testemunhar.

Acrescentou que ela havia suplicado ao marido que adiasse o Conselho, mas ele não concordara.

Por isso, considerava sua obrigação declarar necessariamente nulas todas as decisões tomadas no último Conselho, as quais deviam ser todas rediscutidas desde o início, na sessão recém-aberta.

Os primeiros a compreender o que vinham a significar as palavras de dona Eleonora foram o bispo, don Cono e don Severino.

Pularam de pé e começaram a gritar como loucos, dizendo que as medidas tinham sido aprovadas pelo Vice-Rei e que não se podia voltar atrás.

— O que está feito, feito está! — esbravejava o bispo.

— Nós somos homens de uma palavra só! — exclamava, com expressão indignada, don Severino.

— Atrás não se volta! — esperneava don Cono.

Os outros Conselheiros, que finalmente haviam entendido, também se levantaram fazendo grande estardalhaço. Depois, os seis, sem sequer se dar conta, avançaram para o troninho. Sem dúvida, não tinham intenção de atacar dona Eleonora, agiram por instinto, talvez para se fazerem ouvir melhor, colocando-se mais perto dela.

Foi então que o general Miguel Blasco de Timpa deu um salto. Com dois poderosos pontapés, afastou os buquês de flores para liberar o campo de manobra e, enquanto levava a mão direita à empunhadura do sabre, com dois dedos da esquerda metidos na boca soltava um assovio agudíssimo, de ovelheiro, que ensurdeceu os circunstantes. De imediato apareceram doze soldados armados que correram a se plantar entre o general e os Conselheiros.

Os quais, apavorados, de braços erguidos como em sinal de rendição, voltaram correndo aos seus lugares, já sem dar um pio.

O general deu uma ordem e os soldados se deslocaram, colocando-se atrás do trono do Rei. A essa altura o secretário, trêmulo como uma folha, pediu a palavra. Quando a teve, disse que uma parte das decisões já fora comunicada aos interessados, porque ele as tinha considerado válidas. E agora, como devia se comportar?

Dona Eleonora, depois de pensar um pouquinho, disse que em sua opinião aquelas notificações deviam ser respeitadas. Os Conselheiros estavam de acordo?

— Sim, sim — fizeram eles em coro.

Então, faltava apenas ver as medidas não notificadas e rediscuti-las. Quais eram?

Resultou que eram todas aquelas tomadas a partir do momento em que don Angel tinha morrido e eles haviam fingido que não.

A discussão durou três horas inteirinhas.

A todas as deliberações dona Eleonora deu parecer desfavorável, ao passo que o Conselho inteiro as aprovou. Estava acontecendo aquilo que o príncipe de Ficarazzi havia previsto.

Ainda assim, como a vontade de dona Eleonora era soberana, todas as decisões foram anuladas.

A essa altura, dona Eleonora propôs continuar a sessão no dia seguinte.

O bispo se opôs, sustentando que ele tinha, sim, precisos deveres perante a Coroa, mas que os tinha até superiores perante Deus e a Igreja. Na manhã seguinte, deveria estar presente a uma cerimônia na Catedral.

Como, na véspera, haviam combinado que todos deviam se mostrar da mesma opinião no Conselho, o príncipe de Ficarazzi considerou oportuno declarar que ele também não poderia comparecer, na medida em que já assumira um compromisso em Catânia. De repente, com uma desculpa ou com outra, os Conselheiros restantes comunicaram que a reunião para a manhã seguinte era impossível. Então dona Eleonora perguntou quantos dias eles podiam dedicar ao Conselho, além da quarta-feira. Em nome de todos, o príncipe de Ficarazzi respondeu que a quarta-feira era o único dia disponível.

Dona Eleonora replicou que não bastava, havia muitas coisas a fazer.

O príncipe de Ficarazzi abriu os braços. Por dentro, comemorava a dificuldade na qual eles a estavam colocando.

Dona Eleonora pediu-lhes que reconsiderassem seriamente aquela posição. Podiam dedicar pelo menos três dias ao Conselho?

— Não — disse o príncipe.

— Ni siquiera dos? — perguntou dona Eleonora.

— Não — repetiu o príncipe.

Dona Eleonora virou-se para o secretário e lhe ordenou fazer constar da ata que nenhum dos Conselheiros se declarara à total disposição da Vice-Rainha.

Em seguida, disse:

— La sesión ha terminado.

Levantou-se e saiu às pressas, seguida pelo general e pelos soldados. Por um momento, os Conselheiros ficaram atônitos. Depois o príncipe se aproximou do protonotário, seguido pelos outros Conselheiros.

— Por que ela mandou constar em ata que não estamos à sua total disposição?

— Porque assim, falando com o devido respeito, fodeu com todos os senhores — foi a resposta inesperada.

Os Conselheiros emudeceram.

CAPÍTULO 5

É guerra entre dona Eleonora e os Conselheiros

— Mas por quê? — perguntou o Grão Capitão assim que se recobrou, mas sentindo-se encharcado por um suor frio.

— Por quê? — ecoaram os outros.

Ao ver aqueles rostos ansiosos, don Gerlando Musumarra se regalou.

— Porque a lei, Ilustríssimas Excelências, fala claro. Se a tivessem lido, os senhores não cometeriam tão grande erro. Quem aceita a enorme honra de fazer parte do Conselho deve estar sempre à disposição do Vice-Rei ou, no presente caso, da Vice-Rainha, dia e noite.

— É mesmo? — perguntou o príncipe.

— É. Sempre prontos para a chamada. Pior do que ser soldado. É a condição essencial. Os senhores declararam que não estão disponíveis, portanto ela agora tem o poder absoluto de substituí-los ao seu bel-prazer, quando e como desejar. Os senhores fizeram uma...

Foi interrompido pelo Chefe do Cerimonial.

— Dona Eleonora quer vê-lo imediatamente.

— Eu? — perguntou o protonotário, surpreso.

— O senhor, o senhor.

— Com licença — disse don Gerlando, encaminhando-se às pressas.

— Vamos falar entre nós uns cinco minutos — propôs o bispo —, porque tenho a impressão de que a situação é bem mais grave do que podemos pensar.

— De acordo — disseram os outros.

Tinham acabado de se sentar quando entrou um capitão. Saudou, batendo os tacões, mas sem olhar ninguém cara a cara.

— O que deseja? — perguntou o príncipe.

— Por ordem da Vice-Rainha, todo o Palácio, inclusive o salão do Conselho, deve ser esvaziado imediatamente.

Os Conselheiros resmungaram entre si, mas era inútil protestar. Não podiam senão obedecer.

Levantaram-se devagar, de propósito desceram a escada lentamente, de cabeça baixa e em silêncio, e chegaram ao pátio, onde suas carruagens os esperavam.

— Esta noite, uma hora depois do pôr-do-sol, nos veremos em minha casa — disse baixinho e olhando cautelosamente para os lados o Grão-Capitão, ao se despedir dos outros.

Em torno da mesa já servida eram três.

Dona Eleonora havia querido que o protonotário e o general de Timpa ficassem para comer em sua companhia. Tudo o que ela disse durante a refeição entusiasmou o general e assustou bastante o protonotário.

Não que a marquesa tivesse manifestado a intenção de agir contra a lei, pelo contrário, não queria se desviar dela por nenhuma razão, antes de fazer uma coisa queria saber se podia fazê-la legitimamente ou não. Mas, e isso assustava o protonotário, não havia dúvida de que os propósitos de dona Eleonora com certeza trariam consequências graves, cujos desdobramentos eram imprevisíveis.

Em contraposição, o general, que havia sentido cheiro de batalha, parecia um cavalo de raça impaciente por fazer uma bela corrida. E ele também estava encantado pela marquesa. Finalmente encontrava uma mulher que, além de ter em altíssimo grau todos os atributos femininos, possuía um grande par de colhões.

No final, dona Eleonora agradeceu, despediu-se dos dois e passou à salinha íntima onde a esperava, impaciente e cada vez mais apaixonado, don Serafino, o protomédico.

— Puedo contar con su confianza? — foi a primeira coisa que ela perguntou, ao entrar.

Don Serafino não respondeu. Por outro lado, nem poderia, sua garganta estava travada. Ajoelhou-se, olhos fechados, tomou-lhe a mão e a beijou.

Então dona Eleonora disse o que queria dele. Don Serafino escutou, atento, e prometeu que, dentro do prazo estabelecido, faria aquilo que lhe era pedido.

Uma hora depois, foi dispensado porque a princesa de Trabia, primeira entre as nobres palermitanas, havia pedido audiência. E dona Eleonora a recebeu imediatamente, porque ter o apoio de ao menos uma parte dos nobres palermitanos era importante para poder fazer as coisas que ela pretendia fazer.

Esperava tudo, menos encontrar diante de si uma velha tão decrépita. Os anos haviam reduzido a princesa a uma espécie de filhote de passarinho implume, era toda ressequida, encolhida, entortada. Mas no meio daquele amontoado de rugas que sua face se tornara abriam-se dois olhos de expressão ainda cortante como uma lâmina. Caminhava apoiando-se em duas bengalas e se ofendia quando alguém dava mostras de querer ajudá-la.

Não usava nenhuma joia. No entanto, as joias dos príncipes de Trabia eram uma verdadeira lenda.

— Você é mais bela do que dizem — comentou a princesa, sentando-se. — E, ao que parece, é também uma exceção.

Tinha uma voz ainda clara, gentil mas firme, própria de quem está habituado a comandar.

— Por qué soy una excepción?

— Porque nem sempre beleza e inteligência andam juntas. E eu sinto que você é uma moça inteligente. Fico feliz por você e pelo nosso país.

Dona Eleonora tomou a mão dela e apertou-a entre as suas. Havia compreendido que a princesa dizia o que pensava, era alguém que deixava subir aos lábios aquilo que trazia no coração.

— Por acaso sua avó era a baronesa Fabiana Contarello di Comiso, que se casou com o marquês Ardigò di Nocita e depois ambos se mudaram para a Espanha?

— Sim.

— Eu conheci sua avó, e por alguns anos fomos muito amigas. Ela ainda vive?

— Murió cuando yo tenía cinco años.

— Sua avó Fabiana tinha vindo me visitar aqui, em Palermo, quando explodiu a revolta de 1647. Foi obrigada a ficar um mês inteiro comigo, sem poder voltar para casa.

De repente, a princesa teve um violento acesso de tosse. Dona Eleonora temeu que o frágil peito dela se rompesse de repente.

Levantou-se para mandar trazer um pouco de água, mas a velhinha lhe fez sinal para se sentar.

— Não estou tossindo, estou rindo.

— Por qué se ríe?

— Uma lembrança de muitos e muitos anos atrás.

Perdeu-se na recordação, por um momento a lâmina de luz de seus olhos se enfraqueceu. Depois, recomeçou a falar.

— Pois é, pouco antes que a revolta explodisse, a fome na cidade era tanta que as *buttane*...

— *Buttane*? — interrompeu, intrigada, dona Eleonora, que não tinha compreendido a palavra.

— Putas, prostitutas. Não tinham mais clientes, coitadas, e morriam de fome e miséria. Ou então eram violentadas e assassinadas. Como, aliás, está voltando a acontecer. Bom, umas trinta dessas mulheres se refugiaram no jardim de nossa *villa*. Então eu decidi alimentá-las, ao meio-dia e à noite. Pedi à sua avó Fabiana que me ajudasse, mas ela teve medo. Não queria se envolver naquilo, tinha sido convencida pelo confessor de que as putas tinham rabo, como o diabo. Mas eu tanto falei que a fiz mudar de ideia, acreditar que aquelas moças eram iguais a nós, e finalmente ela me ajudou.

Dona Eleonora pensou um pouco e disse:

— Efectivamente me ha ocurrido ver mucha prostitución.

— E cresce a cada dia que passa. Meu genro me disse que com frequência são encontradas em plena rua, como carcaças de cães, velhas putas que morreram de fome. Mas o pior é o que não se vê. Muitas mulheres de boa família que se vendem por necessidade, mas às escondidas. Ah, se eu ainda fosse jovem! Quanta coisa poderia fazer por essas pobrezinhas! Por isso estou falando com você, porque é mulher e entende.

Foi então que dona Eleonora viu claramente por que a princesa viera procurá-la.

O bispo Turro Mendoza, caminhando para lá e para cá porque o nervoso o impedia de ficar parado um só minuto, soltava fumaça pelo nariz como um touro enfurecido na arena, agitando no ar uma carta composta de uma só linha.

A mesma que todos os Conselheiros haviam recebido, trazida uma hora antes por um soldado.

O Sacro Régio Conselho está convocado para amanhã de manhã, às 10 horas.

Assinado: a Vice-Rainha Eleonora de Guzmán

— Coisa de louco! Coisa de louco! — repetia ele sem parar.

— Ela nos provoca de propósito! — bradou don Severino.

— Como se não tivéssemos dito e repetido que amanhã não poderíamos! — exclamou indignado don Alterio.

— O que ela pretende está evidente — interveio o príncipe de Ficarazzi. — Está fazendo queda-de-braço conosco.

— Ou seja? — perguntou o bispo.

— Ou seja, se amanhã de manhã não nos apresentarmos, ela nos declara despedidos.

— *Ergo*, devemos nos apresentar — fez don Cono.

— *Ergo*, um caralho! Não tire conclusões apressadas! Estamos aqui reunidos para refletir — disse o príncipe.

— Não há muito para refletir — intrometeu-se don Arcangelo. — Ou vamos ou não vamos. *Tertium non datur.*

— Minha opinião é continuarmos fazendo como fizemos hoje de manhã. Falar e agir todos do mesmo modo — rebateu o príncipe.

— Falando sinceramente, não obtivemos um bom resultado — observou don Severino. — Ela nos pegou pela mão e nos levou aonde queria. E nós, agrupadinhos como ovelhas, não compreendemos nada e caímos na armadilha.

— Seja como for — interveio don Arcangelo, meditativo —, quer nos apresentemos amanhã, quer não, mais cedo ou mais tarde a senhora marquesa nos liquida a todos, do mesmo jeito.

— E isso pode ser um grande erro. Desde que nos mantenhamos unidos — disse o príncipe.

— Explique-se melhor — fez don Alterio.

— Anteriormente, houve casos de um Conselheiro substituído, mas nunca aconteceu que o Conselho inteiro fosse trocado. Temos a nosso favor a força do número.

— Não entendi — fez don Alterio, mais confuso do que persuadido.

— Seis cabeças não raciocinam melhor do que uma só? Nós seis sempre podemos dizer que essa mulher é louca, ou age como tal.

— Mas a quem diremos?

— À Sua Majestade o Rei. Assim que ela nos destituir, escreveremos ao Rei. Informaremos a ele que essa medida pode piorar a situação que já é grave e devastar a Sicília inteira. Ouçam o que estou dizendo, Sua Majestade vai convocá-la imediatamente à Espanha. Se fazemos parte do Conselho, é porque somos pessoas que valemos tanto ouro quanto pesamos. Não somos secundários. Somos nós que sustentamos aqui a monarquia espanhola. Os Vice-Reis vêm e vão. Nós permanecemos.

— O senhor quase me convenceu — disse o bispo. — Mas temos um problema imediato a resolver. O que faremos quanto à convocação para amanhã? Eu tenho uma proposta.

— Pode fazê-la.

— Amanhã, nós nos apresentamos.

Os Conselheiros se espantaram.

— O que o senhor quer dizer? Que devemos baixar as calças? — perguntou, agressivo, don Severino.
— Não. Que calças, que nada. Escutem. Amanhã, entramos no salão, nos sentamos e, quando ela chegar, não nos levantamos, permanecemos imóveis como estátuas. Sem falar, sem nos mexer, por toda a sessão. Nossos corpos estarão presentes, nosso pensamento, não. E os senhores verão que ela, se quiser compreender, vai compreender.

Os Conselheiros não conseguiram se conter e bateram palmas para ele, entusiasmados. O príncipe o abraçou.

Na manhã seguinte, às dez em ponto, os Conselheiros se sentaram tratando de acomodar as nádegas da maneira mais confortável possível, porque deveriam permanecer assim, parados, durante algumas horas.

O protonotário e o secretário se instalaram nos respectivos lugares.

Dez minutos se passaram, e nada. Que atraso era aquele? Nunca havia acontecido. Depois se apresentou o Chefe do Cerimonial, que parou após dar um passo dentro do salão.

— Excelências, senhores Conselheiros.

Nenhum dos Conselheiros sequer esboçou se voltar para ele. Suas faces permaneceram de perfil. Somente o protonotário e o secretário o olharam. Aquilo não era normal.

— Excelências, senhores Conselheiros — repetiu o Chefe do Cerimonial.

Nada. Era como falar a seis estátuas.

Então o Chefe do Cerimonial pensou um pouco e disse o que devia dizer.

— A senhora marquesa pede desculpas, mas foi obrigada a atrasar em meia hora a abertura da sessão.

Esperou uma reação que não veio. Então saiu e correu a informar a dona Eleonora como estavam se comportando os Conselheiros.

A marquesa sorriu.

A meia hora passou e nada aconteceu. Uns quinze minutos depois, o Chefe do Cerimonial voltou a se apresentar.

— A senhora marquesa pede perdão às Suas Excelências, mas foi obrigada, por motivos que não dependem de sua vontade, a transferir a sessão para esta tarde, ao pôr-do-sol.

Cinco Conselheiros permaneceram imóveis. Somente um, don Alterio, saltou de pé, protestando.

— Ah, não! Isto não se faz! Esta noite eu tenho um compromisso ao qual não posso faltar de jeito nenhum!

Estava rompida a unidade desejada pelo Grão-Capitão. Convinha restabelecê-la de imediato, do contrário seria como um buraco que deixasse entrar água num navio, ameaçando fazê-lo afundar. O príncipe se voltou para o Chefe do Cerimonial e disse:

— Relate à marquesa que esta noite todo o Conselho está impossibilitado.

Assim que o Chefe do Cerimonial saiu, os Conselheiros finalmente puderam relaxar. O príncipe limpou o nariz, don Severino foi mijar, o bispo coçou a bunda, que estava lhe dando prurido, don Cono e don Alterio começaram a passear para esticar as pernas.

O Chefe do Cerimonial voltou dali a pouco.

— A senhora marquesa, considerando que a culpa pelo cancelamento da sessão é dela, deseja que sejam Suas Excelências a estabelecer a data do próximo Conselho. Voltarei para saber a resposta.

O Grão-Capitão pediu ao protonotário e ao secretário que saíssem do salão porque os Conselheiros deviam deliberar.

Em seguida, já sem a presença de estranhos, entregaram-se a uma intensa troca de abraços e beijos, de apertos de mãos e tapinhas nas costas.

— Vencemos! Vencemos! — exclamava o bispo.

— Eu não disse que a união faz a força? — glorificava-se o Grão-Capitão.

Don Alterio esfregava as mãos e dizia, feliz e contente:

— Ela agora percebeu quem é que manda aqui!

— E então, que dia vamos estabelecer? — perguntou don Severino.

— Minha opinião — disse o príncipe — é que as coisas devem permanecer como estão. Portanto, continuaremos a reunir o Conselho toda quarta-feira. Concordam?

Os outros Conselheiros concordaram. Então o príncipe mandou que entrassem novamente o protonotário e o secretário.

Depois, o Chefe do Cerimonial voltou.

— Queira informar à senhora marquesa que os Conselheiros estabeleceram que o próximo Conselho se reunirá na próxima quarta-feira, às dez. Faça o favor de trazer a resposta.

O Chefe do Cerimonial reapareceu quase imediatamente.

— A senhora marquesa disse que está bem.

Os Conselheiros se entreolharam satisfeitos: a marquesa se rendera, a vitória era completa, em todas as frentes.

— Quem é que fecha a sessão? — perguntou o príncipe.

— Ninguém — respondeu o protonotário —, visto que esta sessão não foi aberta.

Ao escurecer, a carruagem sem o emblema da estirpe dos Batticani parou, como duas noites antes, em frente ao palacete isolado, e don Alterio disse ao cocheiro que viesse buscá-lo três horas depois.

Don Simone lhe abriu a porta, sorridente.

— Seja sempre bem-vindo, senhor duque.

Don Alterio entrou, a porta foi fechada. Pairava o mesmo silêncio da outra vez.

— Eu soube que a viúva do Vice-Rei está criando alguns problemas para os senhores.

— Pois é — fez don Alterio.

Não tinha a menor vontade de falar, de perder tempo, só queria estar o mais depressa possível no meio das pernas de Cilistina e ali permanecer.

A noite anterior tinha sido um padecimento só, ele não conseguia pegar no sono por causa do grande desejo que sentia por ela. Em vez de sangue, sentia que nas veias lhe corria fogo vivo. Remexeu-se tanto que a certa altura sua mulher perguntou o que ele tinha.

— Aquela perdiz do jantar me caiu mal.

E continuou a se remexer até que dona Matilde, enfurecida, resolveu expulsá-lo da cama. E ele passou a madrugada caminhando para lá e para cá.

— O senhor me faria a alta honra de vir um momento ao meu escritório? — perguntou don Simone.

Don Alterio não podia se recusar. Foi atrás dele.

O escritório era um quartinho sombrio, com uma janelinha mínima, cheio de papéis.

— Tenho aqui toda a contabilidade da Obra Pia — disse don Simone.
— Infelizmente, o dinheiro nunca é suficiente. As jovens são jovens e têm sempre muito apetite.

Suspirou e perguntou:

— Quer experimentar um copinho de um licor de rosas especial, que os monges de Santo Spirito me trazem? Frei Giovanni, o superior, vem muitas vezes visitar as mocinhas e nos dar conforto.

Mas por que, perguntou-se o duque, don Simone me faz perder tempo? Onde queria chegar, com todas aquelas cerimônias? Por que esticava a conversa? O melhor era aceitar o copinho e tentar acabar com aquilo o mais depressa possível.

— Sim, obrigado — disse.

O licor dava vontade de vomitar. Enquanto ele o bebia gota a gota, don Simone puxou um papel e o mostrou.

— Esta aqui — disse — é uma primeira lista das mocinhas habilitadas a fazer parte da Obra Pia. Já são umas vinte. E lhe garanto que três ou quatro são bem melhores do que aquelas que lhe mostrei.

— Como o senhor as escolhe?

— Elas me são indicadas por padres, párocos, abadessas, monjas, frades... Eu só confio em gente de igreja, que tem bom olho para as mulheres. E também as examino uma a uma, para ver se possuem os... os requisitos necessários.

Lambeu os lábios, ao recordar os exames que havia feito nas moças.

— Quer subir, senhor duque? — perguntou.

— Sim.

As escadas pareceram intermináveis a don Alterio, os corredores também. Finalmente, ele se viu diante da cela de Cilistina.

— Está à sua espera — disse don Simone.

— A chave — pediu don Alterio, e estendeu a mão, que tremia como num ataque de febre terçã.

Don Simone examinou a penca de chaves que lhe pendia da cintura e uma ruga surgiu em sua testa.

— Não estou encontrando.

Don Alterio bateu um pé no chão. Pouco faltava para ele explodir.

— Procure melhor.

Don Simone examinou as chaves uma a uma. Levou nisso uma eternidade.

— Não está. Onde posso tê-la deixado?

Depois deu um tapa na testa.

— Ah, hoje de manhã, quando eu... Deve estar no meu escritório. Vou buscar. Vou e volto logo.

Don Alterio não se privou de olhar pela vigia.

Cilistina estava nua em cima da cama, coxas abertas, mãos atrás da cabeça, e lhe sorria. Embevecido em olhá-la, don Alterio não soube quanto tempo don Simone levou para voltar.

— Sinto muito, mas por enquanto não a encontro — disse, com um sorrisinho maligno.

— O que significa por enquanto? — perguntou don Alterio, sentindo-se gelar.

— Significa que só a encontrarei quando o senhor conseguir que a subvenção cancelada por dona Eleonora seja novamente aprovada. Fui claro?

Don Alterio teve uma súbita vontade de matá-lo com as próprias mãos. Aquele grandessíssimo corno havia feito aquele teatro todo para levá-lo a ansiar ainda mais por Cilistina. Mas o que podia fazer? Nada.

— Entendi — respondeu, rangendo os dentes.

CAPÍTULO 6

A "Obra Pia das Virgens Periclitantes"

Passada uma noite ainda mais infame, amarga e fodida do que a precedente, depois de horas e horas perdidas pensando sobre o que podia fazer até sentir a cabeça quase explodir, às sete da manhã don Alterio finalmente chegou à única conclusão possível para evitar enlouquecer ou se matar jogando-se pela janela.

A solução era ir logo falar pessoalmente com dona Eleonora e tentar convencê-la a dar um passo atrás.

A qualquer custo, ao custo de se vender a ela de corpo e alma, abandonando os amigos do Conselho. Era necessário, para sua própria sobrevivência, que a marquesa reexaminasse o pedido de subsídio semestral à Obra Pia de don Simone e, desta vez, desse um parecer favorável, ignorando o cancelamento por ela mesma decretado.

Não seria uma coisa fácil, isso era mais do que certo, mas não lhe restava nada a fazer. Ou, pelo menos, ele não via outro caminho.

Mas talvez, pensou a certa altura, não seria melhor escrever uma carta?

Refletiu longamente a respeito e decidiu que era melhor não fazer isso: os escritos são sempre perigosos, como diziam mesmo os latinos?, *verba volant scripta manent*.

Nada, estava só perdendo tempo.

A única saída era se armar da coragem do desespero e se apresentar no Palácio.

Mas aguentaria o olhar inquisitivo de dona Eleonora? Conseguiria contar a ela lorota após lorota, mantendo sempre na cara uma expressão honesta e leal?

Fosse como fosse, era um movimento extremamente arriscado, que podia lhe custar bastante caro.

E por dois motivos. O primeiro era que ele não conseguia imaginar como dona Eleonora reagiria; era capaz de mandar expulsá-lo do Palácio a pontapés no rabo. O segundo era como os outros Conselheiros veriam sua iniciativa, se viessem a saber. Certamente considerariam aquilo uma traição. E teriam razão de sobra. Havia pouco a dizer: indo sozinho a dona Eleonora, e sem tê-los avisado, ele estaria violando o pacto de agirem todos de acordo, como se fossem uma só pessoa.

Mas o desejo por Cilistina, por sua carne ardente, por sua boca de veludo, por suas coxas de seda, por seus seios firmes, foi mais forte do que qualquer dúvida.

Vestiu-se, saiu, decidiu não pegar a carruagem e ir a pé. O ar fresco da manhã lhe faria bem.

Às nove, estava no Palácio e disse ao Chefe do Cerimonial que precisava urgentemente ser recebido por dona Eleonora, pedindo também que este informasse a ela que sua solicitação era feita a título pessoal, não tinha nada a ver com as questões do Conselho.

A marquesa mandou responder que o receberia na sala por meia hora. Tinha ficado muito surpresa e curiosa por aquela visita inesperada, ainda por cima tão matinal.

Tendo sido levado à sala, don Alterio começou a recapitular tudo o que queria dizer e como devia dizer.

Seu coração batia forte, a cabeça doía pela noite insone.

Mas, quando viu à sua frente dona Eleonora, que acabava de se levantar, e era justamente nessa hora que sua beleza brilhava mais do que a estrela da manhã, ele perdeu por completo o uso da palavra e só conseguiu expressar uma espécie de ganido canino e se inclinar tão profundamente que quase perdeu o equilíbrio, arriscando-se a cair todo para a frente e dar uma grande cambalhota.

— Le escucho — disse a marquesa, com o rosto sério, sentando-se e convidando-o a sentar.

Don Alterio se refez e teve lúcida consciência de que naquele exato momento estava apostando tudo.

De repente, como que por milagre, as palavras começaram a vir à sua cabeça organizadas, precisas, seguras.

— A senhora recorda, marquesa, que entre as medidas que adotamos na manhã em que nosso Vice-Rei nos faltou, e que em seguida a senhora anulou, havia uma relativa ao marquês da Trigonella, don Simone Trecca?

— No recuerdo — fez dona Eleonora, seca.

Por um momento, don Alterio sentiu uma grande vontade de desistir e ir embora, mas conseguiu resistir.

— Tratava-se de um subsídio semestral que...

A marquesa o interrompeu.

— El marqués está necesitado?

— Não, ele, pessoalmente, não.

— Quién, entonces?

Ela parecia impaciente.

— O subsídio não é para ele, mas para uma obra...

A marquesa o deteve levantando sua mão maravilhosa e longuíssima, que falava melhor do que uma boca. O dedo indicador permaneceu esticado enquanto os outros se dobravam. Em seguida ela fez um breve movimento da direita para a esquerda e da esquerda para a direita, harmonioso e leve, mas que ainda assim significava um não.

— Siento mucho no poder ayudarle. Pero yo no vuelvo atrás.

Don Alterio, desesperado, fechou os olhos, reabriu-os, encheu os pulmões de ar e encontrou forças para reagir. Saiu-lhe uma voz alterada, entre indignada e comovida.

— Mas, assim, vinte e cinco pobres órfãs se verão jogadas na rua, sem um teto, sem ter o que comer, indefesas, expostas a todas as insídias...

Dona Eleonora fez uma expressão interrogativa.

— Por qué habla Usted de las huérfanas?

— Claro que estou falando de órfãs! A Obra Pia que don Simone Trecca criou às próprias expensas, veja bem, movido apenas pela compaixão e pela caridade cristã, é dedicada à salvação, tanto do corpo quanto da alma, de órfãs muito jovens, que sem isso estariam seguramente destinadas à perdição. Eram todas virgens periclitantes, como as chama don Simone, que as salvou do perigo às custas de seus próprios haveres.

Don Alterio se congratulou consigo mesmo.

De fato, havia notado que a marquesa o olhava fixamente, agora estava bastante atenta. Via-se que o assunto a interessava.

— No había entendido de qué se trataba — disse, pensativa, um tempinho depois, como se repreendesse a si mesma.

Don Alterio se conteve com dificuldade para não começar a dançar. Então malhou o ferro enquanto este ainda estava quente.

— Se o subsídio for negado, don Simone não só deverá renunciar a socorrer outras órfãzinhas, coisa que ele pretendia fazer, como também será obrigado, eu já disse, a fechar a Obra Pia. E o que vai ser daquelas coitadinhas?

Foi então que a marquesa, depois de ficar novamente em silêncio, disse uma coisa que ele jamais esperaria.

— Quiero conocerlo.

— O marquês? Pois não, hoje mesmo eu...

— Não. Quiero visitar essa Obra Pia.

Don Alterio sentiu um baque no coração.

Se aquela mulher botasse os pés no palacete, logo perceberia que as virgens periclitantes já estavam periclitadas havia algum tempo. E o mandaria para a cadeia, junto com don Simone.

Suou frio e não soube o que dizer.

Mas a própria dona Eleonora o tirou do impasse. Disse que desejava ir à Obra Pia na hora do almoço. Don Alterio deveria comparecer ao pátio na manhã seguinte, antes do meio-dia. Usariam a carruagem que ela adotava quando saía do Palácio às escondidas. Don Alterio serviria de guia.

• • •

Assim que saiu, o duque de Batticani correu à casa de don Simone e, ofegante pela corrida, contou o que havia feito e a perigosa decisão de dona Eleonora.

Diante da preocupação de don Alterio, o marquês não se alterou nem um pouco.

— Agradeço-lhe pela sua generosíssima atenção. Amanhã nos veremos aqui, ao meio-dia — disse.

Don Alterio o encarou, perplexo.

— Mas não percebeu que ela vai logo compreender como são realmente as coisas? O que o senhor vai fazer para...

— Não se preocupe. Confie em mim,

Morto de cansaço, don Alterio se rendeu.

Don Simone, para começar, procurou às pressas um mestre marmoreiro e lhe fez uma encomenda. A entrega deveria ser feita na manhã seguinte, no máximo às oito.

— Mas assim eu vou ter que passar a noite trabalhando! — protestou o mestre marmoreiro.

— Pois trabalhe. Eu pago bem.

Em seguida, foi falar com madre Teresa, a abadessa do convento de Santa Lucia, a qual era uma das pessoas que lhe indicavam as órfãs necessitadas mas dotadas de tudo aquilo que ele buscava, pessoas essas que, sabendo perfeitamente o fim que as moças teriam, recebiam em troca moeda sonante.

— Posso lhe dar dezoito — disse a abadessa.

— Também preciso de quatro freiras, mas que não devem fazer perguntas.

— Aqui nenhuma freira faz perguntas.

— Posso ver essas dezoito?

— Fique à vontade.

As dezoito órfãs do convento pareceram a ele bem satisfatórias.

As outras sete foram postas à disposição pelo Padre Aglianò, que mantinha um asilo de pobrezinhas retardadas ou aleijadas. Estas se revelaram até superiores às expectativas de don Simone.

Quando já anoitecia, as vinte e cinco moças que moravam no palacete foram apinhadas dentro de seis carruagens, junto com as vigilantes e as camareiras, e expedidas para a casa de campo de don Simone. Que as órfãs se arranjassem para dormir no chão por uma noite, até porque eram jovens, não sofreriam grande dano.

As celas esvaziadas foram então ocupadas pelas outras vinte e cinco fornecidas pela abadessa e pelo Padre Aglianò.

As quatro freiras se instalaram no último andar, onde só havia permanecido a professora de costura.

De manhã, depois de uma faxina geral, don Simone dirigiu o ensaio do espetáculo teatral que as moças apresentariam diante de dona Eleonora. Enquanto isso, na cozinha, três cozinheiros especialmente convocados para aquela ocasião preparavam pratos dignos de um rei.

A primeira coisa que don Alterio notou ao chegar foi o texto gravado numa placa de mármore pendurada ao lado do portão:

Obra Pia
das Virgens Periclitantes

— Que honra! Que honra! — repetia dom Simone, caminhando e saltando como um grilo, enquanto guiava dona Eleonora e don Alterio para o refeitório.

— As órfãzinhas estão almoçando...

Entraram. As órfãzinhas ficaram de pé e começaram a cantar, sob a direção de uma freira:

Viva, viva dona Eleonora,
que com sua visita nos honra!
Embora pobres órfãs sejamos,
as mais belas coisas lhe desejamos!

Longa vida, paz e bem,
Conceda-lhe Deus e a nós também!

Enquanto elas cantavam, don Alterio as observava, assombrado.

Onde teriam ido parar as belas jovens que ele vira dormindo? À sua frente estavam vinte e cinco coitadinhas, jovens, sim, mas uma era desdentada, a segunda era anã, a terceira um varapau, a quarta era vesga, à quinta faltava um braço, a sexta babava como uma velha, a sétima tinha uns tremeliques, da oitava escorria muco do nariz...

Era impossível olhar demoradamente para elas sem sentir repulsa. Dona Eleonora, ao contrário, estava claramente enternecida e comovida. Após a cantoria, quis experimentar a minestra, que lhe pareceu ótima, do prato de uma órfã.

Mas não deixou de ir à cozinha e depois visitou a capela, a sala de costura, todas as celas e também o último andar.

Ao se despedir, disse a don Simone que estava satisfeita e que providenciaria o auxílio. Ele se ajoelhou à sua frente, como se adorasse Nossa Senhora, e tentou pegar a mão dela para beijá-la, mas dona Eleonora foi rápida em escondê-la atrás das costas.

Quando se viu novamente na carruagem com don Alterio, ficou pensativa um tempinho. Depois, assim que chegaram ao pátio do Palácio, disse apenas:

— Muchas gracias. El miércoles, no Conselho, ordenarei restablecer el subsidio para el marqués de la Trigonella.

Por pouco don Alterio não teve um troço repentino, de tanto contentamento.

Mas, antes que ele se mexesse para descer da carruagem, dona Eleonora falou de novo.

— Le espero dentro de dos horas.

Ai, meu Deus! Don Alterio passou subitamente do paraíso ao inferno.

O que aquela mulher estaria querendo em troca?

— Me gustaría conocer la situación actual del erario público y del dinero a disposición personal de la Virreina.

Don Alterio suspirou de alívio. A Vice-Rainha só queria saber coisas relativas ao cargo de Grão-Tesoureiro que ele exercia. Ainda bem, aquilo só o faria perder pouco tempo.

Quando, duas horas depois, recebeu o relatório de don Alterio, que se despediu logo em seguida, dona Eleonora mandou que o protonotário fosse introduzido no escritório do falecido Vice-Rei, onde ela começara a trabalhar.

Explicou a ele tintim por tintim tudo o que pretendia dizer ao Conselho na quarta-feira. O protonotário se limitou a fazer algumas observações.

Mas, quando ela chegou à proposta de desconsiderar o parecer negativo dado ao subsídio para o marquês da Trigonella, o protonotário fez uma careta.

— No está de acuerdo?

— Com todo o respeito, não.

— No está de acuerdo sobre el subsidio o sobre la forma?

— Devo esclarecer que não sei nada sobre essa Obra Pia e não conheço pessoalmente o senhor marquês. Mas é meu dever avisar à senhora que a forma pode ser perigosa.

— Por qué?

— *In primis*, porque a anulação já está transcrita na ata, e um recuo não seria nem legal nem sério. *In secundis*, porque então todos os outros Conselheiros poderiam, e a bom direito, querer que a senhora faça a mesma coisa por eles.

Tinha total razão. Dona Eleonora fez uma cara decepcionada, parecia exatamente uma menininha a quem tivesse sido negado um bombom.

— Pero yo al marqués quiero ayudarlo!

Ao vê-la fazer aquela cara, o protonotário sentiu seu sangue ferver. Devia devolver a ela a alegria. Pensou um pouco e finalmente disse que havia uma solução segura.

Dona Eleonora perguntou qual. O protonotário respondeu que a única saída era que para o subsídio ela usasse o dinheiro destinado às suas despesas pessoais e de representação. Além disso, devia ser um ato feito *motu proprio*, porque nesse caso ela só teria o dever de levá-lo ao simples conhecimento do Conselho, sem necessidade de pedir aprovação.

Dona Eleonora sorriu. Tinha previsto a resposta do protonotário. Era por isso que havia querido saber do Grão-Tesoureiro de quanto dispunha.

Dinheiro havia bastante, porque don Angel, em seus dois anos de vice-reinado, gastara pouquíssimo.

A princesa de Trabia ficaria contente, quando soubesse o que ela havia feito pelas órfãzinhas.

Ao mesmo tempo, outra ideia vinha lhe martelando a cabeça havia alguns dias. Falaria a respeito com don Serafino, quando ele viesse lhe fazer a costumeira visita vespertina.

O protonotário acabava de sair quando o Chefe do Cerimonial entregou à Vice-Rainha uma carta vinda da Espanha. Trazia o sinete régio.

Dona Eleonora havia esperado ansiosamente por essa correspondência e agora ali estava ela, à sua frente.

Depois de lhe manifestar condolências e de chancelar o desejo testamental de don Angel, Sua Majestade comunicava que, em acolhimento à solicitação do falecido, renovada por ela, e sem respeitar a regra segundo a qual os Visitadores deviam comparecer a cada seis anos, decidira enviar, como Régio Visitador Geral, don Francisco Peyró. O qual desembarcaria na quinta-feira seguinte.

Era justamente a pessoa certa, aquela que convinha.

Dona Eleonora sentiu um alívio no coração e começou a cantar baixinho, de contentamento.

Don Francisco Peyró, como Régio Visitador Geral, já estivera em Palermo quatro anos antes, e do que ele havia feito ainda se mantinha na cidade uma lembrança viva e amedrontada.

Era um cinquentão sombrio de aspecto e malcuidado no vestir, caladão e melancólico, parecia um empregadinho de terceira categoria. No entanto se demonstrara um homem bastante perigoso: honesto, consciencioso, escrupuloso, implacável.

Todo Régio Visitador Geral, que só recebia ordens de Sua Majestade e só a ele dava satisfações quanto ao que fazia, tinha plenos poderes sobre qualquer autoridade máxima, exceto sobre o Vice-Rei, e por isso todas as portas lhe deviam ser abertas, todos os registros mostrados, todas as contas postas à disposição.

Valendo-se dos seus poderes, naquela visita anterior don Francisco quis examinar cada coisa, inclusive a contabilidade da Santa Inquisição, durante dias e dias inteiros, e no final castigou, sem poupar ninguém, todos os que haviam cometido erros, mesmo que mínimos.

Por conseguinte, sem pensar duas vezes, mandou para a cadeia o poderosíssimo e intocável don Federico Abbatellis, conde de Cammarata e Grão-Capitão-do-Porto, depois de provar que ele se aproveitara largamente do dinheiro da Coroa.

E mandou demitir do cargo de Grão-Tesoureiro don Vincenzo Nicolò Leofante, outro intocável, sob a acusação de ser muito mão aberta com os amigos.

Em suma, causou mais dano do que uma fera, e naquela ocasião, quando ele voltou para a Espanha, cerca de cem pessoas, entre autoridades, substitutos, exatores e contadores, tinham acabado atrás das grades.

Don Serafino se apresentou com um buquê de flores do campo que ele mesmo havia colhido. Entregou-o a dona Eleonora sem dizer uma palavra.

Ela agradeceu e corou um pouquinho.

Ao vê-la corar, don Serafino, que já estava ruborizado por conta própria em virtude da forte emoção, ficou praticamente roxo.

Depois dona Eleonora disse:

— Estoy um poco cansada.

Cansada?! Em don Serafino essas palavras causaram o mesmo efeito que se ela tivesse dito que estava à beira da morte. Ele saltou de pé e começou a perguntar:

— O que a senhora está sentindo? Dor de cabeça? No peito? Nas pernas? Quer se deitar? Quer que eu vá embora?

Dona Eleonora lhe sorriu.

— Calma. Estoy sólo um poco cansada. Y no se vaya, su presencia me da consuelo.

Don Serafino se sentou de novo. E ficou hipnotizado observando dona Eleonora, que agora mantinha os olhos fechados.

Don Serafino pensou que, se morresse naquele exato momento, morreria feliz.

Em seguida ela reabriu os olhos e perguntou:

— Ha encontrado a esa persona?

— Sim.

Estava tão encantado que lhe era difícil falar.

— Ha hablado con él?

— Sim.

— Ha aceptado?

— Sim.

— Cómo se llama?

— Don Valerio Montano.

— Mañana me gustaría encontrarlo.

CAPÍTULO 7

Dona Eleonora dispara o canhonaço e vence a guerra

Por volta das quatro da tarde daquele mesmo dia, no palacete agora tornado sede oficial da Obra Pia das Virgens Periclitantes, tudo voltou a ser como antes. As vinte e cinco órfãs emprestadas foram devolvidas ao convento e ao asilo, as vinte e cinco de antes retomaram posse de suas celas, e as vigilantes e as camareiras, de seus quartos. E, uma hora após o pôr-do-sol, don Alterio se apresentou.

Entre a tensão nervosa que sofrera e o desejo agora incontrolável por Cilistina, estava pálido, com olheiras, barba por fazer. Sentia até um pouco de febre. Havia dito à sua mulher que teria uma reunião importante e que só voltaria de manhã. Desta vez, podia levar todo o tempo que quisesse.

— Não se sente bem? — foi a primeira pergunta que don Simone lhe fez, assim que o viu.

— Estou muitíssimo bem.

E se sentiria muito melhor dentro de alguns minutos. Bastava que o outro não começasse a fazer os costumeiros rapapés. Don Simone o encarou, sorridente.

— Pode me conceder um momento em meu escritório?

Arre, que amofinação! Mas devia se resignar.

— Tudo bem.

— Desta vez, eu também vou tomar um copinho de licor de rosas, devemos brindar à grande sorte da Obra Pia!

Don Alterio teve que engolir o licor.

— Sua atitude foi grandiosa — disse don Simone. — Realmente, eu não esperava. Agora, aqui o senhor é o patrão, falo sério. O que posso fazer para retribuir?

— O senhor sabe.

Don Simone olhou para ele, malicioso.

— Continua querendo Cilistina? Ou prefere variar? Só por uma vez, quem sabe?

— Não, quero Cilistina.

— Eu já esperava. E sabe o que lhe digo? Dou-lhe de presente — disse don Simone. — Ela é sua.

Puxou do bolso uma chave e a entregou a don Alterio.

— Pois é, encontrei. É a da cela de Cilistina. Sou homem de palavra. Fique com ela. Assim, o senhor pode vir quando e como quiser, mesmo que eu não esteja.

Don Alterio não se aguentava mais.

— Posso subir?

— Eu não lhe disse que o senhor é quem manda?

Don Alterio subiu a escada de dois em dois degraus.

E naquela noite, se empenhou tanto que não escutou a movimentação que havia.

Para comemorar o acontecimento, tinham vindo o marquês Pullara, o marquês Bendicò, o barão Torregrossa e o cônego Bonsignore, todos eles frequentadores da Obra Pia desde a fundação.

Mas ao amanhecer, quando o duque estava se vestindo para ir embora, Cilistina, que o olhava deitada na cama, disse em voz baixa uma coisa que ele não entendeu.

— Hein? — perguntou.

Cilistina lhe fez sinal para se aproximar, estendeu a mão, puxou-o e o fez se inclinar até que a orelha dele ficasse à altura de sua boca.

— Vossência tem que me ajudar — murmurou.

— O que você precisa?

E meteu a mão no bolso onde guardava o dinheiro, pronto para dar tudo o que ela quisesse.

— Estou prenha.

— Hein? — fez ele, atordoado.

— Estou prenha.

Apanhado de surpresa, don Alterio ficou mal. Não gostou da notícia, porque agora considerava Cilistina uma coisa sua. Sem dúvida, porém, não tinha sido ele a engravidá-la.

— Quem foi?

— Como vou saber? Antes de vossência, foram muitos.

Don Alterio engoliu em seco. Por outro lado, não sabia qual era o ofício das órfãs daquela Obra Pia? Don Simone se servia delas para obter amizades poderosas, que o favoreciam nos muitos negócios menos ou mais lícitos que ele controlava.

— E como eu posso ajudá-la?

— Conseguindo me tirar daqui.

— E para onde você quer ir?

— Não sei, mas preciso fugir.

— Por quê?

— Porque, se eu ficar aqui, o marquês manda me matar.

Don Alterio se espantou.

— Que história é essa?

— Isto mesmo. Tenho toda a certeza. Oito meses atrás, Saveria se emprenhou. E o marquês mandou sumir com ela. E fez o mesmo com Assunta, há três meses.

— Mas por que você acha que elas foram mortas? Talvez o marquês tenha mandado levá-las para um lugar que...

— Não senhor. Todas nós, aqui, estamos convencidas disso. Ele mandou matar e enterrar essas moças aqui perto, no campo.

— E por quem?

— Vossenhoria não conhece. São dois delinquentes, Pippo Nasca e Totò 'Mpallomeni. De vez em quando o marquês se serve deles. Depois paga com dinheiro e também colocando duas de nós à disposição dos dois. E Pippo Nasca, quando estava trepando com Ninuzza, deu a entender o fim que Saveria e Assunta tiveram. Se vossenhoria me salvar, juro que vou ser sua serva pela vida inteira.

— Você contou a alguém sobre a gravidez?

— Não senhor. Sou alguma idiota? Só mesmo a Teresina, a loura que fica na primeira cela e que é minha amiga.

Don Alterio não podia demorar mais, devia voltar para casa. Além disso, vê-la apavorada provocava de novo seu desejo. Se ficasse mais um minuto, acabaria na cama outra vez.

— Tudo bem, vou pensar.
— Quando é que vossenhoria volta?
— Amanhã à noite.

Era só o que faltava, esta aporrinhação. Ele não acreditava que o marquês tivesse mandado matar as duas jovens, mas seguramente as fizera desaparecer para não ter problemas. Portanto, também faria Cilistina desaparecer, se viesse a saber que ela estava grávida. E ele não queria que isso acontecesse. Pelo sim, pelo não, era melhor tirar Cilistina dali. Mas, depois, onde a instalaria? Ah, pronto! Podia mandá-la para o Scavuzzo, onde possuía uma casa de campo na qual sua mulher jamais botava os pés, porque não gostava do lugar. Mas o Scavuzzo era longe, ele só poderia ir até lá duas vezes por semana, no máximo. Enfim, melhor do que nada.

Depois de dormir a manhã inteira, don Alterio almoçou e foi encontrar don Simone. Tivera uma ideia que talvez pudesse resolver o problema de Cilistina.

— A que devo esta honra? — perguntou o marquês, acomodando-o na sala.

— Quero lhe pedir um grande favor.
— Diga.
— Quero Cilistina.

Don Simone o encarou, intrigado.

— Mas já não é sua?
— Quero tê-la sempre comigo, Posso deixá-la na casa que possuo no Scavuzzo. No lugar dela, o senhor poderia colocar outra.
— Se dependesse de mim... — disse o marquês.
— E não depende?

— Até ontem, sim. Mas o senhor não ouviu o que dona Eleonora me disse?

— Não.

— Disse que queria a lista nominal das órfãs abrigadas aqui, que eu sou responsável por todas, e que nenhuma pode deixar a Obra sem que alguém queira adotá-la, e ainda que o pedido de adoção deve ser-lhe dirigido, porque só ela poderá decidir pelo sim ou pelo não. Justamente hoje de manhã eu já mandei levar a lista. E não creio que a esposa do senhor concorde em adotar Cilistina.

A don Alterio, só restou começar a praguejar.

E praguejou ainda mais quando, ao voltar para casa, encontrou uma solicitação de dona Eleonora, a qual desejava saber na mesma tarde até que ponto o Tesouro Régio podia suportar uma entrada fiscal menor. Mas não se dignou a explicar por que desejava saber isso.

Não foi uma coisa muito simples, don Alterio teve que pedir ajuda ao vice-tesoureiro, que chegou com um monte de papéis. Depois, foi preciso convocar também o auxiliar do vice-tesoureiro.

Em suma, já era noite quando ele saiu do seu escritório, mas, depois de enviar a resposta a dona Eleonora, compareceu do mesmo jeito à Obra Pia.

Às nove e meia, os Conselheiros já estavam no salão.

Quase de imediato, decidiram deixar a palavra com dona Eleonora, assim seria mais fácil perceber o que lhe passava pela cabeça e agir em função disso.

Aberta a sessão, dona Eleonora olhou interrogativamente o secretário e este comunicou que os Conselheiros não tinham mandado inscrever nenhuma questão na ordem do dia.

Dona Eleonora compreendeu a manobra dos Conselheiros, mas entrou no jogo.

Então disse que submeteria ao parecer do Conselho duas leis que ela decidira baixar, depois de ouvir a opinião de algumas pessoas interessadas.

Os Conselheiros trocaram uma olhadela inquieta e suspeitosa: quem eram essas pessoas com as quais dona Eleonora havia falado? Se as coisas estavam assim e ela, às escondidas, fazia consultas e recebia informações, conselhos e sugestões de estranhos, significava que era uma gata songamonga que de agora em diante devia ser mantida sob estrita vigilância.

A verdade, porém, era que dona Eleonora estava pregando uma mentira. À exceção do protomédico, não conversava com ninguém, mas tinha lido dezenas e dezenas de cartas que ao longo do tempo haviam chegado para seu marido e que jamais tinham recebido resposta. E também tinha anotado muitas providências que don Angel pretendia tomar, se a doença e depois a morte não o tivessem impedido.

A primeira lei, explicou, não era uma novidade. Em 1514 tinha sido adotada pelo Vice-Rei Ugo Moncada, mas quarenta anos depois fora revogada, e agora ela queria restabelecê-la.

Era a chamada lei dos *patri onusti*,* os pais de família com pelo menos doze filhos, sem distinção entre ricos e pobres, os quais eram liberados do pagamento de certas gabelas pesadas e de taxas menores. Dona Eleonora, porém, e esta era a novidade, reduzia a oito o número de filhos para que alguém se beneficiasse da lei.

Os senhores Conselheiros tinham alguma observação a fazer?

O príncipe de Ficarazzi fez então uma pergunta: já que o não-pagamento daquelas gabelas e taxas significaria menos entradas para o fisco, não seria mais prudente perguntar antes o que achava o Grão-Tesoureiro?

Dona Eleonora dirigiu ao príncipe um sorriso doce como o mel e disse que, sendo uma mulher sensata, já falara do assunto com o Grão-Tesoureiro.

Todos os Conselheiros se voltaram então para encarar don Alterio: por que este não os informara de ter sido chamado ao Palácio? Não tinham feito um pacto preciso?

---

* "Pais onustos", isto é, onerados, sobrecarregados. (N. T.)

Don Alterio abriu os braços e deu a entender que se esquecera completamente. E era verdade, pois naqueles dias não tinha na cabeça outro pensamento além de Cilistina.

Mas os Conselheiros continuaram a olhar de vez em quando para ele, desconfiados.

Dona Eleonora passou a falar da segunda lei. E esta, sim, era uma tremenda novidade. Em toda a Sicília, mas especialmente nas cidades grandes, ocorriam questões não só entre as várias mestranças como também dentro de cada mestrança específica. Questões que quase sempre acabavam em brigas, as quais provocavam mortos e feridos. Com esta lei, toda mestrança, desde a dos ourives de prata às dos açougueiros, dos carroceiros, dos merceeiros, dos criadores de galinhas, dos colchoeiros e assim por diante, deviam se fazer representar por um Cônsul livremente eleito. Todos os Cônsules se reportariam a um Magistrado do Comércio dotado do poder de julgar, de modo absoluto, todas as questões que lhe fossem submetidas. Sua sentença teria o mesmo valor da de um tribunal.

Os Conselheiros ficaram muito surpresos, não esperavam que a marquesa elaborasse uma lei tão complicada. O primeiro a compreender que esse novo Magistrado podia mandar e desmandar sobre meia Sicília foi o bispo Turro Mendoza.

O qual disse considerar aquela lei uma boa coisa, só que convinha pensar muito sobre quem devia ser escolhido para aquele cargo de enorme responsabilidade.

Dona Eleonora lhe sorriu como havia feito para o príncipe e disse ter pensado longamente e encontrado o homem que, segundo ela, era de fato o ideal.

— Podemos saber o nome dele? — perguntou o Grão-Capitão.

— Claro. Don Valerio Montano.

Os Conselheiros embatucaram.

Don Valerio Montano, barão de Sant'Alessio, era um cinquentão conhecido em toda a Palermo como pessoa honestíssima, escrupulosa, justa, que levava uma vida retirada e jamais quisera aceitar um cargo público. Sobre ele não havia nada a dizer, mas, em contraposição, havia muito a especular sobre quem teria indicado à marquesa o nome dele.

— E don Valerio aceitou? — perguntou don Cono, ainda perplexo.
— Me ha dicho que sí él en persona.

Com que então, esta aqui bancava a gata morta, mas aos poucos ia botando as garrinhas de fora! Convinha detê-la definitivamente, antes que causasse outros danos. A primeira providência seria plantar pessoas de confiança diante do portão do Palácio, para saber quem entrava e quem saía.

Por último, dona Eleonora levou ao conhecimento do Conselho que, *motu proprio*, tinha decidido conceder um subsídio semestral à louvável e generosa "Obra Pia das Jovens Periclitantes" do marquês don Simone Trecca, retirando a quantia necessária do dinheiro à sua disposição, como Vice-Rainha, para despesas pessoais.

Acrescentou que, antes de conceder materialmente o subsídio, mandaria fazer um certo controle. Mas não explicou qual.

Depois olhou ao redor e, como ninguém falava, disse:

— La sesión ha terminado.

Levantou-se e todos fizeram o mesmo.

Descidos os três degraus, dona Eleonora se deteve, fez uma expressão desapontada e em seguida, tocando levemente a testa como se só então tivesse se lembrado de uma coisa, disse:

— Perdón, me estava olvidando. Mañana llega a Palermo un Visitador General.

Boquiabertos, os Conselheiros se entreolharam, preocupados e confusos.

— Mas ainda não se passaram seis anos desde a última visita — disse o Grão-Capitão.

— Lo sé, mas Sua Majestade recebeu mi solicitación de enviá-lo antes do tempo.

Portanto, havia sido ela a colocá-los em situação de perigo. A gata songamonga estava arranhando todo mundo. Mas talvez não fosse tão sério assim. Muitos Visitadores Gerais, depois de um dia ali, tinham se demonstrado capazes de fechar um olho, e até mesmo os dois.

— Por que não nos avisou antes?

— No ha sido posible comunicárselo antes — disse, angelical, dona Eleonora — porque vosotros estabeleceram la reunión del Consejo para hoy.

Eis por que ela não tinha protestado: para poder avisá-los somente no último minuto sobre a chegada do Visitador.

— A senhora sabe quem é?

— Sí, lo sé. Me parece que se llame... se chama... Ah, pronto. Don Francisco Peyró.

E foi saindo, enquanto os Conselheiros, ao ouvirem aquele nome, despencavam em suas poltronas um após o outro, como pinos de boliche abatidos por uma bola.

O primeiro a se recuperar foi o bispo, que mandou o secretário pedir água fresca para todos. E todos, quando a água chegou, beberam meio litro por cabeça, como se estivessem sedentos havia dias.

Convinha enfrentar com coragem aquela novidade, sem perder um minuto.

— Por favor, queiram o protonotário e o secretário se acomodar lá fora... — continuou o bispo.

— Madre Santa, e agora, o que fazemos? — perguntou o Grão-Capitão.

— Estamos perdidos! — lamentou-se don Cono.

— Fodidos! — especificou don Severino.

— A intenção da marquesa é clara — disse o Grão-Capitão. — Chamando Peyró, é como se chamasse o carrasco. Em poucos minutos aquele lá manda todos nós para a cadeia. E, quando estivermos na cadeia, a marquesa põe em nosso lugar pessoas de sua confiança, e estamos conversados.

— Não nego que vou lamentar perder o cargo — disse don Cono —, mas muito pior é ir preso, isso eu não vou aguentar.

— E eu vou, por acaso? — fez o Grão-Capitão.

— Haveria uma solução — disse don Arcangelo, que até então não tinha aberto a boca.

— Qual?

— Matá-lo assim que desembarcar.

— E a marquesa vai logo concluir que fomos nós — objetou don Severino.

— Mas eu imaginei fazer a coisa parecer casual. Por exemplo, provocar uma falsa briga repentina entre os marinheiros do porto e alguém, como que por engano... — começou a explicar don Arcangelo.

— Sou contra — interrompeu o bispo. — Não contra o assassinato, que fique claro, mas porque uma coisa dessas deve ser bem preparada e exige um tempo que não temos.

— E então, fazemos o quê? — perguntou o Grão-Capitão, voltando ao ponto de partida.

Caiu um silêncio. A ninguém ocorria como escapar daquela situação. Sentiam-se como camundongos dentro da ratoeira.

Nesse momento, entrou o protonotário.

— Se Vossas Excelências não precisarem mais de mim...

Foi o bispo quem teve a ideia:

— Espere um momento. Quero lhe fazer uma pergunta.

Os outros Conselheiros se voltaram para o bispo, esperançosos.

— A pergunta que lhe faço é hipotética, não se refere a nós, Conselheiros, porque temos todos a consciência limpa, e portanto o Visitador Geral não nos assusta. Mas, sempre falando hipoteticamente, se um Conselheiro estivesse, digamos assim, em dificuldades e quisesse se esquivar...

— Não compreendi bem — disse o protonotário.

O qual, entretanto, havia compreendido muito bem, só que queria se divertir um pouco.

O bispo respirou fundo e recomeçou.

— Digamos que um Conselheiro tenha feito uma coisa que não devia fazer, como um favor a um amigo, recebendo um benefício em dinheiro ou em regalias, ou então se aproveitou de uma coisa que não era dele: o que pode fazer para evitar que o Grão-Visitador mande prendê-lo?

— Agora, sim, o senhor foi claro! — exclamou o protonotário. — Espere, que eu vou refletir um momentinho.

Sentou-se em seu lugar e segurou a cabeça entre as mãos, enquanto os Conselheiros se plantavam diante dele, em silêncio.

Depois o protonotário tirou as mãos da cabeça e perguntou ao bispo:

— Sempre falando de maneira hipotética?

— Certamente! — respondeu Turro Mendoza.

O protonotário tornou a segurar a cabeça entre as mãos e ficou assim um bom tempo. Para não o perturbar, os Conselheiros mal respiravam. Depois o protonotário os olhou, um a um, e disse:

— Haveria uma solução.

— Qual? — perguntaram os seis, em coro.

— A lei fala claro. Nela, está escrito que o Visitador Geral não tem nenhum poder contra um Conselheiro que, mesmo tendo agido mal, se demitiu antes da chegada dele. Sempre falando hipoteticamente, se os aqui presentes comunicarem à marquesa, até esta noite, que abandonam o cargo, o Visitador não poderá agir contra os senhores. E agora, peço perdão, mas preciso ir embora.

Levantou-se e saiu.

CAPÍTULO 8

Chega o Grão-Visitador Geral, que, porém, não é Peyró

Baixou um silêncio pesadíssimo. As palavras do protonotário tinham chegado bem depressa aos cérebros dos seis Conselheiros, mas os cérebros se recusavam a compreender a fundo o significado delas. Depois, finalmente, o significado também se tornou claro e explodiu dentro da cabeça de todos, deixando-os atordoados.

— Ai! Maria Santíssima, que dor! — gritou don Severino Lomascio, levando uma mão ao coração e despencando como um saco vazio na poltrona mais próxima.

Contorcia-se pela pontada no peito, o fôlego lhe faltava. Talvez estivesse sofrendo um ataque apoplético, mas ninguém se preocupou com ele.

Cada um tinha, falando com o devido respeito, as próprias merdas para pensar.

— Quanto a mim, não vou perder nem um momento refletindo, declaro aos senhores que não me demito nem morto, estou absolutamente decidido — disse o bispo, resoluto.

Don Alterio pensou a respeito só um pouquinho de nada e logo se associou a Turro Mendoza, plantando-se ao lado dele.

— Eu também não — disse.

— Pois a mim só resta apresentar a demissão — suspirou don Arcangelo Laferla, com expressão sombria. — Entre ir para a cadeia e perder o cargo, não há muito o que escolher.

— Estou de acordo — disse don Cono Giallombardo.

— E eu... eu... me demito junto com os senhores — fez don Severino Lomascio, ainda se contorcendo todo.

— Alegro-me bastante, vê-se que, no Sacro Régio Conselho, só os senhores têm a consciência limpa e brilhante como um espelho — foi o comentário agridoce e um pouquinho ameaçador do Grão-Capitão, dirigido ao bispo e a don Alterio.

— Não se trata de ter a consciência limpa — rebateu o bispo. — Sabemos todos que aqui dentro, para limpar nossas consciências, não bastariam toneladas de sabão. Mas estou convencido de que don Francisco Peyró, embora seja um homem decidido, não vai ter coragem de se colocar contra a Santa Madre Igreja.

— Sua memória é bem curta — interveio don Cono —. Quero lhe recordar que, quatro anos atrás, Peyró conferiu as contas da Santa Inquisição e, não as encontrando em ordem, mandou demitir, convocar à Espanha e, lá, prender don Néstor Benítez, o qual era nada menos que o vice do Grande Inquisidor. Imagine se ele vai ter medo do senhor, que é um simples bispo.

— Caralho, é verdade — disse Turro Mendoza, lembrando-se do episódio. Sua única justificativa era que, quatro anos antes, já era bispo, sim, mas se encontrava em Viterbo.

— E o senhor, don Alterio? Por quem se sente protegido? Pode nos dizer? Talvez por dona Eleonora em pessoa, já que se reúne com ela às escondidas? — interpelou o Grão-Capitão.

Don Alterio, mortalmente temeroso de que viesse à tona a história de sua visita privada à Vice-Rainha para interceder por don Simone Trecca e pela Obra Pia, reagiu levantando a voz:

— Eu fui chamado pela marquesa na qualidade de Grão-Tesoureiro! Só falamos de números! E, se não lhes contei, pelo que peço perdão mais uma vez, foi porque me esqueci!

— Pelo menos, o senhor admitirá que foi um esquecimento estranho.

— Por estes dias eu tenho... uma pessoa doente na família.

— Seja como for, egrégio don Alterio, o senhor também deve se demitir — disse o Grão-Capitão.

— Mas por quê?

— Pela simples razão de que não podemos parecer, diante de toda a Sicília, cinco desonestos e somente um honesto. Fui claro?

— Mas o que isso tem a ver?

— Tem a ver, tem a ver. De qualquer modo, se não se demitir, informaremos devidamente a don Francisco Peyró que o senhor, que se proclama tão honesto, tem o rabo preso do mesmo jeito.

— Eu nunca me aproveitei de um...

— Sabemos disso. Mas não se recusou a fazer um ou outro favor aos seus amiguinhos. Preciso lhe dizer os nomes?

— Não — suspirou don Alterio.

E abriu os braços, resignado.

— Tudo bem, eu me demito.

— Quero lhes fazer uma proposta que me parece boa — interveio a esta altura o bispo, que se afastara um pouco para pensar. — Em vez de mandarmos à marquesa seis cartas de demissão, uma para cada um de nós, mandamos uma só, mas assinada por todos os seis.

— Por quê? — perguntou o príncipe.

— Porque, na carta, escreveremos que o único e verdadeiro motivo das nossas irrevogáveis, porque assim devem ser, irrevogáveis, demissões é a intolerável ofensa feita à nossa honestidade pela marquesa, mediante a convocação do Visitador. Ao chamá-lo, ela quer significar que não confia em nós, e, para nós, essa falta de confiança é uma ofensa. Assim, ninguém poderá pensar que nos demitimos porque estamos apavorados com a vinda do Grão-Visitador.

Imediatamente, todos se declararam entusiasmados pela proposta.

— Vamos escrevê-la imediatamente — propôs o príncipe.

— Não é melhor pensarmos um pouco? — objetou o bispo.

— Não, convém escrever e mandar agora mesmo. Assim, ela compreende o quanto foi forte e imediata a nossa indignação.

— Tudo bem — concordou o bispo.

— Quem a escreve? — perguntou don Severino, que se recuperara e agora conseguia ficar de pé.

— Eu escrevo — disse o Grão-Capitão.

E foi se sentar à mesa do protonotário e do secretário, sobre a qual havia papel, pena e tinteiro.

— Por que não a escrevemos em espanhol? Creio que faria mais efeito — propôs don Cono.

— Alguém conhece bem o idioma? — perguntou o príncipe.

Resultou que todos conseguiam falar espanhol, mas escrever...

Em suma, levaram uma hora para começar e mais três para terminar a carta. Depois a entregaram ao Chefe do Cerimonial.

Quando recebeu a carta dos seis Conselheiros, dona Eleonora estava em companhia de don Serafino.

— Hemos vencido! Fizemos limpieza! — exclamou.

E, tomada de entusiasmo, sem sequer se dar conta, segurou a mão direita do protomédico entre as dela e a levou até o peito.

A esse gesto de tão grande confiança, a face de don Serafino, em um instante, de roxa passou a amarela e de amarela a um branco cadavérico. Em seguida as pernas lhe faltaram de repente, por um tempinho ele ainda conseguiu se manter de pé, mas depois não aguentou mais e despencou no chão, desmaiado.

— Um médico! Um médico! — gritava dona Eleonora, apavoradíssima.

Estrella veio correndo. Mas por sorte não precisou sair para procurar ninguém, porque um minuto depois don Serafino abriu os olhos e, envergonhado, pediu perdão.

— O senhor me assustou — disse dona Eleonora, olhando-o amorosamente. — Se vier a me faltar el único verdadero amigo que tengo...

Fazendo um esforço supremo, desta vez don Serafino conseguiu evitar o risco de cair até em catalepsia.

Naquela mesma noite, don Alterio se precipitou para a Obra Pia com uma fome atrasada de Cilistina.

Mas, antes que ele saísse, dona Matilde o fizera perder tempo armando um enorme estardalhaço, ao saber que ele se demitira do cargo. Quanto se glorificava por ser a mulher do Grão-Tesoureiro! E agora, por causa de uma putinha espanhola... E tanto fez e tanto disse que don Alterio só chegou à Obra Pia pouco depois das nove.

Como de hábito, liberou a carruagem e bateu. Mas ninguém veio abrir.

Como assim, se ainda não eram dez horas?

Bateu e bateu de novo, até se convencer de que era inútil. Mas por nenhuma razão no mundo queria renunciar a passar a noite com Cilistina.

Então resolveu conferir se todos dormiam. Contornou o palacete, foi até os fundos e se dirigiu para a pequena janela do escritório do marquês. Estava fechada, mas deixava passar um fio de luz. Sem perder um minuto pensando, ele se abaixou, tateou com a mão, pegou uma pedra grande e a jogou com todas as forças contra a madeira da janela. A pancada foi forte.

— Caralho, o que foi isso? — perguntou lá de dentro o marquês.

Em vez de responder, don Alterio disparou outra pedrada.

A janelinha foi aberta por don Simone, que logo recuou, segurando um punhal.

— Quem está aí? — perguntou, sem conseguir reconhecer a sombra que ele via lá fora.

— Sou eu — disse don Alterio.

— Senhor duque! Excelência! Espere que eu vou abrir o portão — disse imediatamente o marquês.

— Não é preciso — fez don Alterio.

E, apoiando-se com as mãos no parapeito, saltou para dentro. O desejo por Cilistina o fazia recuperar a força dos seus vinte anos.

Assim que entrou, viu que no escritório havia outra pessoa. Um sujeito malvestido, com uma cara que era melhor evitar de noite, e até de dia. Estava sentado, imóvel, olhar parado, de serpente, sem nenhuma expressão.

— Este é um amigo meu de confiança, Totò 'Mpallomeni — disse o marquês. — Desculpe o contratempo, mas eu achei que a esta hora tardia o senhor não vinha mais. Por isso...

— Boa noite — cortou don Alterio, que não queria perder mais tempo do que já havia perdido.

E saiu do escritório. Don Simone correu atrás.

— Espere! Aonde o senhor vai?

— Aonde acha que eu vou? — respondeu don Alterio, continuando a caminhar apressado.

— Espere — insistiu don Simone, segurando-o pela manga.

Don Alterio se soltou, indignado, e prosseguiu.

— Preciso lhe dizer uma coisa importante!

— Diga amanhã.

— Escute, senhor duque...

Enquanto isso haviam chegado ao pé da escada e don Alterio teve de parar, porque um homem vinha descendo.

Ao passar, o homem perguntou ao marquês:

— Onde está Totò?

— No meu escritório, esperando por você.

Quando começou a subir a escada, don Alterio percebeu que o marquês havia desistido de lhe encher o saco e tinha ido atrás do outro sujeito.

Antes de abrir a porta, teve vontade de olhar pela vigia e tomou um susto.

Cilistina estava de pé, nua, pálida e apavorada, junto ao tripé da bacia, e tentava limpar com um pano úmido o sangue que tinha nas costas.

Ele abriu e entrou. Cilistina se encostou à parede. Tentou sorrir, mas só lhe saiu uma careta de dor.

— O que foi?

— Nada.

— Como, nada? Por que este sangue todo?

— Estou dizendo que não foi nada!

Don Alterio olhou a cama e viu que o lençol também estava manchado de sangue.

— Deixe ver as costas.

Cilistina fingiu não ter escutado.

— Eu disse para você me mostrar as costas.

A moça não se moveu. Então don Alterio segurou-a pela cintura e a obrigou a se voltar.

O dorso dela estava coberto por dezenas de ferimentos pequenos e superficiais, feitos com a ponta de um punhal para provocar mais dor do que dano.

— Quem foi?
— Não importa.
— Diga quem foi ou eu não ajudo você.

Cilistina se decidiu, embora de má vontade.

— Foi Pippo Nasca. Esta noite quis ficar comigo e o marquês não conseguiu fazer ele mudar de ideia. Pippo é um animal. Depois, pensou que vossenhoria não vinha mais, e então...

Era o homem que o duque havia encontrado ao pé da escada. Eis por que o marquês queria fazê-lo esperar: evitar que ele surpreendesse o sujeito enquanto este estava com Cilistina.

— Por que usou o punhal?
— Pippo, quando trepa, gosta de fazer isso.

Don Alterio, que aparentemente mantinha a calma, se sentiu invadido por uma raiva furiosa. Agora a moça lhe pertencia, e o marquês não podia fazer dela o que quisesse. Convinha botar as coisas nos eixos.

— Continue a se limpar que eu vou falar com o marquês.
— Não, por caridade!
— Por que você não quer que...
— Porque depois, quando vossência for embora, o marquês manda me dar uma surra! Vossência não imagina do que aquele homem é capaz! Vossência deve pensar somente em como me tirar daqui.

Don Alterio passou aquela noite servindo de enfermeiro. E atormentando o cérebro para descobrir como libertar a moça. Por mais que se esforçasse, porém, não lhe nascia uma ideia. Foi só quando já voltava para casa que se lembrou das palavras de dona Eleonora no Conselho, ao anunciar o subsídio à Obra Pia.

A marquesa havia dito que daria esse auxílio depois de mandar providenciar uma certa *inspección*. Em que consistiria essa inspeção?

Se viesse a saber antes que isso fosse feito, ele teria nas mãos uma boa carta a jogar contra don Simone, e, em troca da informação, poderia obter a liberdade de Cilistina.

Mas como conseguir?

Dona Eleonora jamais tinha visto don Francisco Peyró pessoalmente. Tinha apenas ouvido falar dele. Estava curiosa por conhecê-lo. Quando o Chefe do Cerimonial lhe comunicou que o Grão-Visitador Geral havia chegado e pedia audiência, ela disse que o receberia imediatamente na sala, queria falar com ele em particular antes da audiência oficial.

O Grão-Visitador Geral podia ser grande e geral o quanto quisesse, mas afinal era um homem. Um homem que, ao ver a deslumbrante beleza de dona Eleonora, sentiu que de repente seu coração tinha deixado de dar algumas batidas.

Fez uma profunda reverência, dobrou um joelho e disse:

— Señora, reciba todo el honor de la persona de nuestro amado Rey.

— Levántese, por favor, don Francisco.

O Visitador se ergueu e a olhou, surpreso.

— Cómo me ha llamado?

— Don Francisco.

— Por qué?

— Cómo, por qué? No se llama así?

— No. Yo me llamo Esteban.

Desta vez quem se surpreendeu foi a marquesa.

— Pero no es Usted el Gran Visitador General?

— Claro que soy yo! Aquí está la carta de Su Majestad.

Dona Eleonora pegou e abriu a carta. Sua Majestade lhe informava que, tendo infelizmente don Francisco Peyró adoecido no momento da partida, havia decidido enviar no lugar dele, para não perder tempo, don Esteban de la Tierna, pessoa rigorosa e valente que, se não era como don Francisco, pouco faltava para tal.

Dona Eleonora quis que don Esteban ficasse para almoçar com ela. Os outros convidados eram don Serafino e don Valerio Montano, recém-nomeado Magistrado do Comércio.

Depois do almoço, ainda conversaram longamente.

A marquesa queria que don Serafino e don Valerio pensassem sobre os nomes das pessoas que podiam integrar o Sacro Régio Conselho no lugar dos demissionários. No final, dona Eleonora quis ficar sozinha com don Serafino. Queria perguntar a ele uma coisa relativa à Obra Pia das Virgens Periclitantes.

Quando os arautos anunciaram em Palermo as duas novas leis de dona Eleonora, e também se veio a saber que ela fora capaz de levar aqueles grandes canalhas e corruptos a se demitirem do Conselho, três quartos das pessoas que eram contrárias a uma Vice-Rainha mudaram de opinião. Aquela era uma mulher que sabia o que fazia e não tinha medo de homem.

O bispo Turro Mendoza, o príncipe de Ficarazzi e don Cono, que se encontraram por acaso durante uma cerimônia de casamento, se apartaram para falar da situação.

— Souberam da novidade? — perguntou o bispo.

— São tantas... — fez o príncipe.

— Refiro-me ao fato de a marquesa ter nos apavorado, dizendo que o Visitador era don Francisco Peyró, e no entanto veio um certo Esteban de la Tierna.

— Eu soube — disse don Cono. — Foi porque don Francisco adoeceu quando estava para viajar.

O duque de Ficarazzi começou a rir. Em seguida, olhando para os outros dois, abriu a boca, estendeu a mão direita juntando os dedos em forma de alcachofra e balançou-a diversas vezes para a frente e para trás.

— Morde aqui, morde aqui!

— Não foi isso? — perguntou o bispo.

— Não.

— Foi o quê?

— Como é que os senhores não compreendem? A senhora marquesa sabia desde sempre que viria esse tal de la Tierna. Mas a nós, no Conselho, disse que viria don Francisco. E nós, de tanto medo, fugimos. Era o que ela queria. Em suma, egrégios, uma mulher botou no cu de todos nós.

— Se foi assim, ela é um verdadeiro demônio! — comentou o bispo.

— O que podemos fazer? — perguntou don Cono.

— Tomei algumas informações — disse o príncipe. — Sobre este Visitador, as opiniões variam. Uns afirmam que ele é um homem, digamos assim, razoável, e outros segundo os quais com ele não há nada a fazer. Eu gostaria de ver pessoalmente se...

— Mas, de qualquer maneira, agora ele não pode fazer nada contra nós — interrompeu o bispo.

— Preste atenção. Não pode fazer nada ao senhor como ex-Conselheiro, mas, como bispo, pode. A contabilidade da Catedral está correta? E a da diocese? Se dona Eleonora botar uma pulga atrás da orelha dele... E também há uma coisa muito importante que o protonotário não nos disse, mas que eu me dei o trabalho de ler.

— Qual é? — perguntou o bispo.

— É verdade que o Visitador não pode proceder contra um ex-Conselheiro, mas tem o direito de exigir a restituição de todo, mas todo mesmo, o dinheiro recebido indevidamente. Se a pessoa se recusar, o Visitador tem poder de expropriação.

— O que vem a significar isso? — quis saber don Cono.

— Que dona Eleonora, se lhe der na telha, pode deixar nós seis na miséria, com as calças remendadas no rabo.

— Oh, Santa Mãe! — fez don Cono, branco, branco.

— Oh, Madona Bendita! — exclamou o bispo.

— Não adianta invocar mães e madonas — disse o príncipe. — Precisamos passar à ação, e sem perder tempo. Eu tenho uma ideia.

Os outros o encararam, interrogativos.

— Amanhã, mando convidar esse don Esteban para almoçar na minha casa. Quero explicar que não temos nenhum problema com ele, mas sim com a marquesa que o chamou. Assim, conversa vai conversa vem, vejo que tipo de homem ele é, se está aberto a alguma negociação.

— E se não for?

— Então fazemos uma novena na Catedral — disse amargamente o bispo.

Quando estava saindo de casa para ir ao seu ex-escritório de Grão-Tesoureiro a fim de retirar os papéis pessoais que haviam ficado lá, don Alterio teve uma ligeira tontura.

Entre a história de Cilistina, as demissões e a briga com a mulher, realmente não aguentava mais.

A coisa não teria nenhuma consequência se naquele preciso momento don Alterio não estivesse no primeiro dos quatorze degraus que levavam ao pátio e que ele estava começando a descer.

Tendo perdido o equilíbrio, saiu rolando até a base da escada.

E ali ficou, gritando de dor. Não podia mexer o pé esquerdo e sangrava por um ferimento na testa.

Para piorar a confusão, dona Matilde veio correndo, viu o marido lá embaixo e, ao descer a escada, pisou em falso e despencou em cima dele, com seus cento e tantos quilos, antes de desmaiar.

CAPÍTULO 9

As aflições de don Alterio e a enrascada do príncipe de Ficarazzi

Mandou-se chamar às pressas o protomédico, mas, até que os servos de don Alterio viessem a saber que ele tinha ido lá para as bandas do Cassaro e o encontrassem, foi necessária a mão de Deus.

Don Serafino examinou o duque para verificar se não havia danos em outras partes do corpo. No pé, que sofrera uma simples luxação, aplicou um emplastro de ervas e depois o enfaixou, e enfaixou também a cabeça, cujo ferimento, felizmente, havia sido leve.

Considerando-se a queda, don Alterio tinha tido muita sorte.

Ele queria que don Serafino ficasse um pouco mais para conversar, mas o protomédico disse que não podia, tinha que voltar correndo aos arredores do Cassaro para procurar uma parteira que morava lá e que ele conhecia, a fim de levá-la ao Palácio, pois dona Eleonora estava precisando dela.

Don Alterio prendeu a respiração.

— Dona Eleonora está grávida?

— Mas se ela é viúva!

— Bom, mas don Angel, nos últimos dias de vida...

— Ora, que ideia!

— Então, por quê?

— Ao senhor eu posso contar, já que, como me informou a própria marquesa, foi o senhor que a procurou e a convenceu a dar o subsídio a don Simone Trecca para a Obra Pia.

— Foi só ao senhor que ela disse que eu fui procurá-la?

— Sem dúvida. Dona Eleonora sabe com quem pode falar.

Don Alterio se tranquilizou.
— Mas, afinal, e essa parteira? — perguntou.
— Essa parteira — continuou don Serafino —, que se chama Sidora Bonifacio, tem enorme experiência e é a mais honesta e confiável que eu conheço.
— E por que é necessária uma parteira assim?
— Porque ela deve conferir se todas as jovens órfãs que estão abrigadas na Obra Pia de don Simone não somente ainda são virgens como também não receberam nenhuma ofensa em outra parte do corpo. Fui claro?
— Claríssimo.
— A marquesa quis assim, e assim deve ser. É a condição indispensável que ela estabelece para a concessão do subsídio. Quanto a isso, não transige.

Don Alterio quis ir mais a fundo. O assunto lhe interessava bastante, podia representar um ponto a seu favor.
— Esclareça-me uma curiosidade. Até porque estamos entre homens — disse don Alterio. — Quanto à virgindade, tudo bem. É fácil definir se está preservada ou não. Mas como se faz para saber se houve ofensa na outra parte?
— Há um método antigo, que não é muito científico mas é o único, e Sidora Bonifacio sabe praticá-lo.
— Como é?
— Cozinha-se um ovo até que fique duro, escurece-se metade dele com fumaça de uma vela, e depois se introduz devagarinho a metade fumigada na parte presumivelmente ofendida. Por fim, retira-se o ovo com delicadeza.
— E o que se vê?
— Se as pregas internas foram forçadas.
— Entendi, obrigado — fez don Alterio, cujas dores tinham passado de repente.

E continuou:
— Quando é que eu posso caminhar novamente?

— Amanhã de manhã eu volto e refaço o emplastro. Espero que depois de amanhã o senhor possa caminhar, talvez se apoiando numa bengala.

De qualquer modo, mesmo que precisasse se movimentar a quatro patas como um cachorro, don Alterio iria encontrar aquele grandessíssimo corno do marquês e lhe ditar suas condições.

Tinha agora a faca e o queijo na mão e saberia como usá-los. Àquela altura, a liberdade de Cilistina era coisa certa.

Na manhã seguinte, don Serafino encontrou o pé de don Alterio completamente desinchado, tanto que não aplicou outro emplastro. Fez apenas um leve enfaixamento. E reduziu também o curativo da cabeça. Disse que ele podia se levantar e, naquele primeiro dia, caminhar durante uma meia hora.

— Quando posso sair?
— Amanhã.
— Afinal, encontrou a parteira?
— Não, ela está fora de Palermo. Foi chamada para um parto da filha do barão Pennisi. Volta daqui a dois dias.

Exatamente o que don Alterio queria ouvir.

E, enquanto o protomédico saía, ele compreendeu de repente que não conseguiria de jeito nenhum passar a próxima noite sem ter Cilistina nos braços.

Decidiu então ir à Obra Pia após o pôr-do-sol, apoiando-se numa bengala e enfiando o chapéu na cabeça para não deixar ver o enfaixamento, ficar com a moça, e só no dia seguinte falar com don Simone.

Até porque, considerando que a parteira só se encontraria com dona Eleonora dali a dois dias, ele tinha tempo.

Mas o diabo meteu o rabo nos planos do duque da maneira que lhe era mais inerente: o fogo.

Dona Matilde já havia armado um alvoroço ao saber que naquela mesma noite, após o jantar, ele devia sair de qualquer jeito, e quando estavam à mesa continuou a esbravejar e a lhe encher o saco.

— Mas aonde você vai com esta perna?

— E com a cabeça quebrada!

— Não está vendo que não se aguenta em pé?

— Não quer entender que não é mais uma criança?

Don Alterio agia como se a mulher não estivesse falando com ele e continuava a comer, com o único pensamento de que dali a pouco sairia de casa para ir ao encontro de Cilistina.

Mal acabara de jantar e estava se levantando da mesa quando Pippino, o mordomo, entrou correndo.

— A cozinha pegou fogo.

Don Alterio se precipitou e foi obrigado a constatar que as chamas já estavam altas. Entre os servos da casa e mais uns vinte dos palacetes vizinhos, chegaram quase à meia-noite para apagar o incêndio, que enquanto isso havia atingido dois aposentos contíguos à cozinha.

E naquela noite, don Alterio teve que ficar chupando o dedo.

Ainda por cima dona Matilde, convencida de que alguém tinha lançado mau-olhado sobre a casa, obrigou o marido a ficar ajoelhado, rezando, durante duas horas.

Mas na noite seguinte, uma hora após o ocaso, ele bateu no portão da Obra Pia. E, enquanto batia, já segurava na mão a chave da cela de Cilistina, desta vez não permitiria que don Simone o fizesse perder um só momento, com suas cerimônias.

O portão se abriu. E don Alterio viu diante de si a cara de delinquente de Totò 'Mpallomeni.

Por um momento, ficou aturdido.

— Boa noite, Excelência — fez Totò.

— Boa noite — respondeu don Alterio.

Entrou, esquivando-se do outro, e se encaminhou para a escada. 'Mpallomeni correu atrás, ultrapassou-o e se plantou diante dele.

— O marquês quer lhe falar.

— Saia da frente.

— O marquês quer lhe explicar...

— Ele não tem nada a me explicar.

— Excelência, veja que...

— Não me encha o saco, bastardo.

O outro não se moveu. Apenas exibiu um sorrisinho sacana, como se o desafiasse a passar.

E de repente don Alterio pensou que se repetia exatamente a cena da outra noite. Só que, no lugar do marquês, agora estava 'Mpallomeni. Certamente o retardavam porque naquele momento Pippo Nasca estava transando com Cilistina e se divertindo em torturá-la com o punhal.

Por um instante teve aquela visão diante dos olhos. Depois viu tudo vermelho.

Quando ele voltou a enxergar normalmente, Totò 'Mpallomeni estava estirado no chão e gemia, com as duas mãos sobre o baixo-ventre. O pontapé recebido havia sido repentino e violento. A bengalada simultânea que o atingiu no cocuruto foi tão forte que o deixou completamente tonto. Ele não teve forças para reagir nem mesmo quando don Alterio se abaixou, tirou-lhe o punhal da cintura e correu para a escada.

A porta da cela de Cilistina estava escancarada e dentro não havia ninguém.

O colchão estava enrolado sobre o enxergão de madeira, faltavam os lençóis, no cabide não estava pendurado nenhum pano. O espaço parecia desabitado desde sempre.

Don Alterio ficou paralisado, olhando o quartinho vazio.

Centenas de pensamentos confusos lhe cruzaram a cabeça, cada um pior do que o outro.

Sua última esperança era que a tivessem mudado de cela, mas logo depois ele se convenceu de que don Simone não tinha nenhuma razão para fazer aquela troca de lugar. Certamente viera a saber que Cilistina estava prenha e a fizera desaparecer. Como acontecera com as outras duas.

Mas talvez não tivesse mandado matá-la, don Alterio não conseguia acreditar que o marquês fosse capaz de chegar a tanto, a história dos assassinatos só podia ser uma fantasia das moças.

Começou a descer lentamente a escada, refletindo e tentando se acalmar.

Devia medir as palavras, controlar os gestos, manter-se sempre lúcido. A raiva lhe era inimiga, pois o levaria a dizer e fazer coisas erradas, todas em prejuízo de Cilistina.

Quando entrou no escritório encontrou don Simone sozinho. Totò 'Mpallomeni não se encontrava, mas era provável que estivesse escondido em algum lugar, pronto a atender correndo à chamada do marquês.

"Prudência, Alterio", recomendou a si mesmo. "Considere que a sorte de Cilistina está nas suas mãos."

Jogou com desprezo o punhal sobre a mesa:

— Devolva ao proprietário.

E se sentou diante de don Simone, sem dizer mais nada.

Don Simone falou sem erguer do punhal os olhos.

— Eu queria lhe evitar esta surpresa ruim — disse. — Mas Vossa Excelência não quis ouvir 'Mpallomeni... que ficou bem machucado, sabia? Coitado, ele estava apenas obedecendo a uma ordem minha...

— Onde está Cilistina? — cortou o duque, esforçando-se por manter a voz o mais calma possível.

O marquês alargou os braços e não abriu a boca.

— Onde está? — repetiu don Alterio.

— Acredita se eu disser que não sei?

— Não.

— Mas assim é.

— Por que ela não se encontra na cela?

— Fugiu.

— Como fez para fugir?

— Quem tranca às celas à noite é uma camareira chamada Filippa. Hoje de manhã, as outras camareiras perceberam que a cela de Cilistina estava vazia, com a porta escancarada. Foram procurar Filippa e ela também tinha sumido. Fugiu com Cilistina.
— E como Cilistina conseguiu convencê-la? Certamente, não por dinheiro, já que não tinha nenhum.
— Parece que Filippa estava apaixonada por ela.
Era uma história sem pé nem cabeça. Mas don Alterio fingiu acreditar.
— E o senhor mandou procurá-las?
— Claro. Desde esta manhã, bem cedo, Pippo Nasca e Totó ' Mpallomeni não fizeram outra coisa. Ninguém as viu.
— Sabe se ela tinha parentes distantes?
— Sim, uma prima que mora ao pé do monte Pilligrino.
— Então, o senhor poderia...
— Já fiz isso, mandei Pippo Nasca até lá. A prima não sabe de nada. Ah, uma pergunta: por acaso o senhor disse a Cilistina quem era?
— Não.
— Portanto, não é de supor que possa encontrá-la diante de sua casa.
O marquês fez uma pausa e continuou:
— Compreendo que o senhor estava apegado a Cilistina... mas precisa se conformar. Tenho a impressão de que não encontraremos mais essa moça, senhor duque.
Pela rápida olhada de esguelha que o marquês lhe lançou após dizer essas palavras, don Alterio teve absoluta certeza de que Cilistina havia sido morta. Teve a força de se manter impassível. Se reagisse mal, acusando o marquês de ser um assassino, este seria bem capaz de mandar matá-lo também.
— De qualquer modo — recomeçou don Simone —, não creia que minha dívida com o senhor termina aqui. Ainda tenho muito a lhe pagar. Se quiser subir e escolher outra...
De repente don Alterio imaginou que talvez uma das moças tivesse ouvido algo que poderia lhe ser útil para saber o que realmente acontecera com Cilistina.

— Pode ser, pode ser... — disse.
— Bravo! Assim é que se faz! Vamos subir, e o senhor escolhe.
— Já escolhi. Quero a ruiva do segundo andar.

A ruiva ficava na cela mais próxima à de Cilistina. Don Simone fez uma cara consternada.

— Justamente esta noite, ela está ocupada com uma pessoa que o senhor conhece bem. Um colega seu de Conselho.

Só podia ser don Cono Giallombardo. Aliás, tinha sido ele a falar com don Alterio sobre a Obra Pia e a lhe explicar como esta funcionava.

— Então, esqueça.

— Lamento que tenha feito uma viagem inútil, senhor duque. Escute, para a noite de domingo estou preparando um jantar aqui, a fim de comemorar a concessão do subsídio. Seremos eu, don Cono Giallombardo, o conde Ciaravolo, o marquês Pullara, o marquês Bendicò, o barão Torregrossa e o cônego Bonsignore. Se Vossa Senhoria quiser me dar essa enorme honra, faríamos um número par, oito. E teremos também oito entre as mais belas órfãs da Obra Pia. Depois, quem quiser continuar a noitada a sós com uma jovem, que fique à vontade.

Don Alterio fingiu pensar um pouco a respeito.

— Tudo bem. Eu venho.

— Sua carruagem está aí fora?

— Não. Volta daqui a duas horas.

— Então, mando levá-lo na minha.

— Obrigado. Quero lhe pedir um favor. Diga a 'Mpallomeni e a Nasca que continuem a procurar Cilistina o quanto puderem. Se a encontrarem, ou me derem alguma informação sobre ela, estou disposto a pagar bem.

— Eu digo. Mas não acredito que...

Tampouco don Alterio acreditava que Nasca e 'Mpallomeni pudessem lhe dar notícias de Cilistina. No máximo, diriam onde a tinham enterrado. Ele fizera aquele pedido só para convencer o marquês de que havia engolido a história da fuga.

• • •

O príncipe de Ficarazzi não teve tempo de convidar don Esteban de la Tierna, porque foi don Esteban quem o convidou. Mas não para comer, e sim para comparecer ao Palácio para uma conversa imediata. Tão imediata que o oficial e os dois soldados que lhe levaram o bilhete de convocação esperaram que ele se aprontasse, embarcaram-no na carruagem na qual tinham vindo e o levaram a um subterrâneo do Palácio onde o Grão-Visitador Geral havia instalado seu escritório. O Visitador estava sentado atrás de uma mesa coberta de papéis e tanto à sua esquerda quanto à sua direita havia um homem. Eram os dois ajudantes que ele tinha trazido da Espanha. Assim que viu o príncipe, don Esteban se levantou, foi ao encontro dele, sorridente, e o fez se acomodar numa poltrona diante da mesa.

Ao vê-lo tão afável, o príncipe se tranquilizou.

Depois de se desculpar pelo incômodo, don Esteban disse, apontando os papéis, que havia examinado as providências tomadas pelo príncipe na qualidade de Grão-Capitão de Justiça e que as achara mais do que justas: sacrossantas.

O príncipe, dentro de si, deu um suspiro de alívio. Estava seguro de não ter deixado coisas escritas sobre seus malfeitos, mas nunca se sabe.

Don Esteban continuou dizendo que só havia uma coisa não muito clara. Mas tratava-se de uma bobagenzinha, que certamente o príncipe saberia explicar.

— Estou à disposição.

Teria lembrança, o senhor príncipe, dos fatos de Roccalumera ocorridos quatro meses depois da chegada do agora pranteado Vice-Rei don Angel?

O príncipe respondeu que não tinha uma lembrança muito precisa. Recordava vagamente que se tratara de uma revolta da população contra o...

Então, interrompeu don Esteban, o senhor príncipe permitiria que lhe fosse recordado o episódio, com base no relato que ele mesmo, o Grão-Capitão, havia feito ao finado Vice-Rei? Estava de acordo?

O príncipe se disse de acordíssimo.

Portanto, segundo o relato, a população de Roccalumera, tendo à frente um grande comerciante de tecidos, um tal Angelo Butera, se sublevara contra o conde don Vincenzo Aricò di Santa Novella, senhor daquelas terras, alegando que o filho dele de vinte anos, Jacopo, havia mandado surrar até a morte, sem motivo, mas só mesmo pelo prazer de fazer isso, um velho camponês. Mas o senhor príncipe, tendo chegado ao local e dominado com mão firme a revolta, havia esclarecido que as coisas eram diferentes. Ou seja, que o camponês tinha morrido porque caíra no fundo de um despenhadeiro e que Angelo Butera havia inventado tudo, instigando a população contra don Vincenzo e seu filho por causa de uma dispendiosa partida de tecidos orientais que Jacopo, depois de encomendá-la, se recusara a pagar por não a considerar do seu agrado, na medida em que não era de primeira qualidade conforme o combinado. Em consequência, o príncipe mandara prender o comerciante, que ainda se encontrava no cárcere. Havia sido isto mesmo?

Claro que havia sido isto mesmo. Agora ele se lembrava perfeitamente.

Portanto, o senhor príncipe confirmava?

Confirmava.

Pois é, então don Esteban devia lhe dar uma notícia. Sabia que Jacopo, o filho de vinte anos de don Vincenzo Aricò, tinha sido assassinado em Catânia quatro meses após aquele fato?

O príncipe havia sabido.

E sabia que, três meses depois, don Vincenzo tinha morrido pela dor de coração causada pela perda daquele único filho?

Também isso chegara ao conhecimento do senhor príncipe.

Porém, talvez ele não soubesse que don Vincenzo Aricò, à beira da morte, havia escrito uma carta a don Angel, carta que este último nem tinha lido, pois já estava bem doente. Mas dona Eleonora, sim.

E gostaria de saber, o senhor príncipe, desde que o assunto não o aborrecesse, o que dizia a carta?

O senhor príncipe queria saber, sim, mas por pura e simples curiosidade, já que pedira demissão e que, de acordo com a lei, não podia ser processado em nenhum momento por qualquer erro cometido enquanto exercia o cargo.

— A carta é esta — disse don Esteban, pegando de cima da mesa e mostrando um papel. — Don Vincenzo confessa que a revolta explodiu porque seu filho Jacopo havia raptado e mandado matar a filha do comerciante Angelo Butera, depois de abusar longamente dela. E que o senhor, Grão-Capitão de Justiça, aceitou combinar com ele uma história diferente, recebendo em troca três grandes sacos de moedas de ouro. Don Vincenzo acrescentou à carta o testemunho escrito do mordomo Nino Scileci, que havia ido pessoalmente buscar os sacos com as moedas e estava na sala quando estes lhe foram entregues. Tenho a obrigação de lhe informar, senhor príncipe, que ontem esse mordomo confirmou de viva voz, em nossa presença, tudo o que havia escrito. E nos entregou um saco vazio, igual àqueles que estão em seu poder. Em conclusão, não posso mandá-lo para a cadeia como o senhor merece, mas posso lhe exigir a restituição do triplo do valor dos três sacos de moedas de ouro.

— Por que o triplo? — conseguiu perguntar com um fio de voz o príncipe, mais morto do que vivo.

Don Esteban exibiu um sorrisinho.

— É verdade. O senhor ainda não sabe. É uma nova lei, baixada justamente esta manhã por dona Eleonora, e que modifica a precedente. Prevê até a prisão para quem tentar se subtrair ao pagamento. Pode voltar para casa. O senhor tem uma semana para pagar. Amanhã de manhã, mando lhe informar o valor exato. Vou precisar fazer uns cálculos. E repito: não tente fugir, pois seria perseguido e preso. Pode ir.

Não se levantou, sequer olhou para o príncipe.

Este saiu do Palácio caminhando como um bêbado e apoiando a mão nas paredes para não cair. Nem mesmo vendendo o castelo de Ficarazzi, o feudo de Petralia e o palacete que possuía em Palermo ele conseguiria juntar todo o dinheiro necessário. Tinha entrado rico no Palácio uma hora antes, e agora saía pior do que um mendigo.

CAPÍTULO 10

Um domingo memorável

Somente às primeiras luzes da manhã, quando se resignou à certeza de que Cilistina estava perdida para sempre, don Alterio teve com clareza a ideia daquilo que devia e queria fazer. E tudo aquilo que ele devia e queria fazer podia ser condensado numa só palavra: vingança. Mas não conseguia compreender, embora isso não tivesse a menor importância, se queria vingança pelo assassinato de Cilistina ou porque seu orgulho havia sido ferido por don Simone.

E logo em seguida, como que liberado de um peso, mergulhou num abismo de sono.

Acordou porque dona Matilde o sacudia, dizendo que era hora de almoçar. Abriu os olhos com dificuldade.

— Estou sem fome.
— Não se sente bem?

Arre, que saco!

— Estou bem, sim.
— Então, por que prefere ficar deitado?

Don Alterio praguejou apenas mentalmente, porque, se sua mulher o escutasse, ele seria obrigado a se ajoelhar imediatamente e a pedir perdão ao Senhor.

— Bom, vou me levantar. O alfaiate trouxe a roupa nova?
— Sim, hoje de manhã.
— Mande me preparar a água quente.

Quando Pippino lhe disse que a água estava pronta, ele foi ao quartinho de necessidades e ficou uma hora se lavando, milimímetro por milímetro. Terminado o banho, sentiu necessidade de se lavar outra vez.

Vestiu a roupa nova e saiu. Mandou o cocheiro pegar a carruagem mais elegante, a que trazia o emblema em ouro do ducado, e levá-lo ao Palácio.

Quando embarcou, fechou as cortininhas para poder pensar, palavra por palavra, no que devia dizer a dona Eleonora.

De repente a carruagem parou. Talvez haja um obstáculo qualquer, pensou.

Mas um instante depois a portinhola foi aberta, um homem entrou às pressas, sentou-se ao lado dele e fechou de novo a portinhola.

Era don Severino Lomascio, pálido e apavorado.

— Eu ia passando na minha carruagem, reconheci a sua e pedi ao seu cocheiro que parasse — disse.

Don Alterio percebeu que o outro estava tremendo.

— O que lhe aconteceu?

— Estou fugindo de Palermo.

— Por quê?

— Estão me procurando.

— Quem?

— Os guardas do Grão-Visitador. Mandou me procurar porque hoje de manhã não me apresentei à convocação dele.

— E por que não se apresentou?

Don Severino o encarou, embasbacado.

— Mas que pergunta é essa? Não soube de nada?

— Não, o que eu devia saber?

— Não soube que ontem, em menos de duas horas, don Esteban deixou pobre e louco o príncipe de Ficarazzi?

Desta vez, foi don Alterio quem se embasbacou.

— É mesmo?!

Don Severino lhe contou a história.

— Mas, fugindo, não vai resolver nada — disse o duque. — Aquele lá pode mandar expropriá-lo, quer o senhor esteja aqui, quer não.

— Por isso mesmo, hoje de manhã eu vendi dois feudos e a casa daqui a don Onofrio Sucata, e exigi o pagamento em dinheiro vivo. Tive um grande prejuízo, mas foi melhor do que nada. Vou me refugiar num lugar bem escondido, perto de Girgenti,* onde não me encontram nem com cães farejadores. E o senhor, o que pretende fazer?

— Quando ele me chamar, eu vou.

— Boa sorte — desejou-lhe don Severino Lomascio, descendo da carruagem.

"Obrigado. Realmente, estou precisando", disse a si mesmo don Alterio, enquanto o veículo partia de novo.

Faltava pouco para as dez. Estavam na sala do apartamento privado, dona Eleonora sentada numa poltrona e don Alterio de pé diante dela.

A marquesa o convidou a se acomodar, mas ele se recusou, mantendo-se empertigado como um militar. Embora suas pernas tremessem um pouquinho.

— Si lo he entendido bien — começou dona Eleonora, que, durante os quinze minutos nos quais ele falou, manteve sempre a mesma expressão de quase indiferença —, cuando ha venido para convencerme a dar el subsidio a la Obra Pia, Usted já sabia a qual horrible fim deviam servir las huérfanas acolhidas lá?

— Sim, sabia.

— Y cuando me ha acompañado a la Obra Pia e se deu conta do embuste de don Simone, Usted no ha abierto boca?

— Isto mesmo.

— Y Usted fez todo esto porque caiu numa pasión malsã por una de las huérfanas asiladas?

— Infelizmente, sim.

— Y sospecha que el marqués mandou matar duas huérfanas, e a moça pela qual Usted se enamoró, porque estabam embarazadas?

— Tenho razões para acreditar que assim foi.

— Y que el domingo por la noche ele fará una fiesta particular en la Obra Pia, invitando a ocho personalidades, frecuentadores habituales?

— Sim.

---

* Antigo nome de Agrigento. (N.T.)

— Usted sabe cuales irremediables consecuencias sus palabras pueden tener para Usted mismo?
— Sei perfeitamente.
— Tiene remordimiento por lo que ha cometido?
— Não.
Dona Eleonora ficou muda um bom tempo. Depois disse:
— Le pongo una pregunta à qual le será duro responder, ya lo sé. Pero necesito una respuesta sincera.
— Pode fazer.
— La primera vez que o Conselho votó el subsidio al marqués, ya todos vosotros sabian que mi esposo, el Viceré, estaba muerto?

Don Alterio, que já estava com a garganta seca, agora sentiu-a como um deserto.

Queria responder sim, mas a voz não lhe saiu.

Então baixou a cabeça em sinal afirmativo.

— La última pregunta: de su respuesta depende mi decisión. Por qué está fazendo todo esto?

Don Alterio passou a língua árida sobre os lábios áridos. Podia inventar cento e uma razões, as mais diversas, mas, com aquela mulher, o melhor era a sinceridade.

— Por vingança — disse.

Então, bem devagarinho, dona Eleonora se levantou.

Agora estava um pouquinho pálida, mas sua voz era a de sempre, calma e harmoniosa. Encarou don Alterio, olhos nos olhos.

Pode existir uma chama negra, feita de relâmpagos escuros e violentos? Por um momento, don Alterio viu reluzir uma chama assim, misteriosa e ardente, nas pupilas da marquesa. E se apavorou como jamais se apavorara em sua vida.

— Entiendo lo que Usted prueba — disse dona Eleonora. — Porque yo también actúo movida por la vingança. Os senhores del Consiglio zombaram de un muerto, aproveitaram-se indignamente del cadáver de mi esposo. Jamás se lo perdonaré. Minha vingança contra Usted seria negar sua própria vingança.

Ao ouvir estas últimas palavras, don Alterio se sentiu morrer. Então, havia sido tudo inútil. Tinha se arruinado por nada?

— Pero não farei isso — continuou a marquesa. — Usted habrá su vingança. Con una condición.
— Qual?
— Que Usted, el domingo por la noche, participe en esa fiesta.
— Queira me perdoar, mas eu não quero mais botar os pés lá.
— Qué si.
— Mas por quê?
— No creo que os supostos caballeros que participarán en la fiesta con las ocho huérfanas puedan ser acusados de nada. El único a ser puesto en arresto será el marqués. Pero yo, con toda mi fuerza, quiero expor vosotros ocho a la ignominia general, de manera que vuestros ilustres nomes sejam enlameados para sempre.
— Farei como a senhora manda — disse don Alterio.

À noite, espalhou-se a notícia de que don Severino Lomascio tinha sido preso quando estava fugindo e por isso havia sido encarcerado. Soube-se também que don Arcangelo Laferla, ex-Grande Almirante, depois de ser interrogado rigorosamente durante três horas por don Esteban, o Grão-Visitador, tinha sido reduzido a pedir esmola. Todas as suas propriedades, e eram muitas, foram confiscadas.

Por ocasião da primeira reunião de todos os cônsules das mestranças, don Valerio Montano anunciou uma nova lei baixada pela Vice-Rainha dona Eleonora.

A lei, chamada dos "três terços", estabelecia que quem encomendasse um trabalho qualquer a um membro de alguma mestrança devia pagar no início da obra um terço do valor calculado, um terço no meio e o último terço no final. Assim, já não seria possível aos nobres, aos ricos, aos abastados, só pagar a obra pronta, e no valor que lhes desse na telha, ou pagar apenas a metade, ou até mesmo não pagar nada, como frequentemente acontecia.

Empolgados, os cônsules marcaram para as dez da manhã do domingo seguinte, em frente ao Palácio, uma grande manifestação de agradecimento.

E como entre as mestranças havia muitos *patri onusti*, estes passaram a notícia adiante e todos os pais de famílias numerosas de Palermo decidiram participar do evento.

Sempre no mesmo dia, dona Eleonora recebeu no salão do Conselho as seis pessoas que haviam aceitado ser os novos Conselheiros. Tinham sido escolhidos a dedo por don Serafino e don Valerio, e tratava-se de homens sobre cuja honestidade e retidão não havia nada a dizer.

Eram eles: monsenhor Don Benedetto Arosio, bispo de Patti; don Filippo Arcadipane, príncipe de Militello, Grão-Capitão de Justiça; don Sebastiano Consolo, duque de Scianò, Grão-Tesoureiro; don Gaetano Currò, marquês da Fiumara, Juiz da Monarquia; don Michele Galizio, conde de Sciacca, Grande Almirante; e don Artidoro Giumarra, barão de San Michele, Grão-Mestre do Fisco. O protonotário e o secretário, confirmados no cargo, assistiram ao ato de obediência dos seis Conselheiros.

Ficou estabelecido que o Conselho se reuniria duas vezes por semana, às terças e às sextas-feiras.

Às quatro da tarde, as setenta e duas mestranças da cidade e cento e oitenta *patri onusti*, todos com mulheres e filhos, estavam reunidos na esplanada diante do Palácio.

Nunca se havia visto tanta gente e, coisa estranha, jamais acontecida, tão contente.

Havia alguns cartazes presos em duas hastes. O maior dizia:

Renasce Palermo! Chegou a hora!
Agradeçamos à nossa Senhora!

Havia quem dissesse em voz alta "Viva dona Eleonora!" e quem gritasse "Estamos todos contigo!", mas depois, aos poucos, as várias vozes se transformaram num coro: "Apareça! Apareça!"

Dona Eleonora, que estava olhando escondida atrás de uma janela semicerrada, não tinha nenhuma vontade de se deixar ver. Mas o Chefe do Cerimonial a convenceu.

— Se a senhora não aparecer, eles não saem mais daí.

Dona Eleonora abriu a janela e se debruçou.

Assim que a viram, as pessoas emudeceram, fulminadas pela sua beleza.

De repente caiu um silêncio absoluto e impressionante. E, de fato, alguém que não enxergava direito perguntou, assustado:

— O que foi? O que aconteceu?

Um instante depois, explodiram aplausos fragorosos. Que fizeram a terra tremer.

O bispo Turro Mendoza também tremeu, quando lhe contaram o que acontecera diante do Palácio. Agora a marquesa tinha Palermo nas mãos. E seguramente, questão de dias, ele seria chamado pelo Grão-Visitador, que o esfolaria.

Então tomou uma decisão repentina. E até perigosa. Mas, afinal, perdido por perdido...

E assim foi que na missa de meio-dia os fiéis que lotavam a Catedral o viram, com certa surpresa porque não era uma festividade especial, subir ao púlpito.

O bispo começou dizendo que desejava abrir os olhos daquela brava gente, a qual estava caindo numa perigosa armadilha preparada pelo Maligno. Disse que o Maligno era representado com chifres e rabo, mas que frequentemente e de bom grado mudava de aspecto e podia se apresentar sob a aparência de um fidalgo qualquer ou, pior ainda, coisa que acontecia com mais frequência, de uma mulher de grande beleza e aparência angelical.

E esse diabo tornado mulher não só possuía a força da beleza como também se comportava como uma pessoa de bons sentimentos, generosa, pronta a fazer o bem.

"Uma mulher assim", afirmou, "é como se lhes oferecesse um cesto de frutas frescas e saborosas. Vocês, coitadinhos, como vão saber que é uma cilada? Agradecem, estendem a mão e pegam uma fruta. Como é gostosa! Então querem outra. Estendem de novo a mão e não percebem que desta vez há uma serpente peçonhenta escondida no cesto, e que lhes morde um dedo. Vocês não ligam, mas o veneno já entrou em seus corpos e não há mais nada a fazer. Agora, meus fiéis, vocês me indagarão: mas como o senhor pode falar assim de uma pessoa que está fazendo o nosso bem?

"E eu então lhes pergunto: como é que essa pessoa, desde que chegou aqui, e já se passaram mais de dois anos, nunca, eu disse nunca, sentiu necessidade de um confessor? Acham isso correto? Pergunto a vocês, que se confessam e comungam regularmente.

"E mais: como é que o pobre Vice-Rei estava bem de saúde, mas, desde o dia em que ela chegou, começou a passar mal?

"E por último: por que ela mantém dentro de um quarto do Palácio o marido morto e não quer que seja dada a ele uma sepultura cristã? Vocês não sabem o quanto sofre a alma de um morto...".

Interrompeu-se por um instante porque uma ideia lhe atravessara o cérebro como um relâmpago. Depois recomeçou e concluiu:

"... o quanto sofre a alma de um morto abandonado sem uma prece, sem uma missa! É sobre essas coisas que eu queria fazê-los refletir. E vocês, como bons fiéis, façam seus amigos que não se encontram aqui refletirem também."

Terminado o sermão, o bispo foi para a sacristia e mandou seu secretário chamar com urgência Don Asciolla, o capelão do Palácio.

Que viesse sem perder um minuto de tempo. Estaria à espera dele no bispado.

Chegado ao seu escritório, convocou don Scipione Mezzatesta, um padre baixinho de quem se servira para certas coisas das quais era melhor não falar. Se elas viessem à tona, os dois acabariam nas mãos do Santo Ofício.

Disse o que queria dele. E don Scipione respondeu que estava à disposição, como sempre.

Com don Asciolla, o bispo foi rápido e resoluto.

— Dona Eleonora foi vista hoje na capela?

— Não, Excelência Reverendíssima, ela nunca pôs os pés lá.

— O senhor tentou convencê-la, não digo a comungar, mas pelo menos a ouvir a Santa Missa aos domingos?

— Jamais, Excelência.

— Por quê?

— Porque, com aquela mulher, isso não funciona.

— E o senhor também não funciona, don Asciolla. A partir deste momento, está transferido para cá. Será substituído por don Scipione Mezzatesta como capelão do Palácio.

• • •

Ao escurecer, quarenta soldados, comandados pelo capitão Miguel Ortiz, chegaram discretamente às vizinhanças do palacete da Obra Pia e se emboscaram. O capitão encontrou um lugar de onde podia espiar o portão e começou a contar as carruagens que chegavam e iam embora vazias. Quando chegou a sete, concluiu que todos os convidados estavam presentes, já que o marquês se encontrava lá dentro havia tempo.

Agora, só restava esperar.

Depois que se passou mais de uma hora e já escurecera completamente, chegaram duas carruagens que pararam nas proximidades. Da primeira desceu o Grão-Capitão de Justiça em pessoa, don Filippo Arcadipane. Na segunda vinham a parteira Sidora Bonifacio com duas ajudantes, Maria e Cuncetta. Maria carregava uma cesta dentro da qual estavam trinta ovos já cozidos, duros, e cinco velas.

Enquanto isso, lá dentro, no refeitório, acontecia a grande comilança e bebedeira, em meio à alegria e à descontração gerais. Da qual don Alterio fingia participar também, embora tivesse a morte no coração.

Cada convidado tinha ao lado uma moça que cuidava de ir buscar para ele os pratos na cozinha e de manter-lhe o copo sempre cheio de vinho.

Don Simone tivera uma ideia interessante. Havia mandado as oito jovens se vestirem de freiras, sem nada por baixo. Em cada hábito monástico tinham sido feitos quatro buracos: de dois brotavam os seios, do terceiro, na frente, alcançava-se facilmente com a mão o gramadinho e a valeta subjacente, e do quarto, que ficava atrás e era o maior, podia-se acariciar com toda a comodidade a lua cheia.

— Como o senhor pretende proceder? — perguntou don Filippo ao capitão.

Este respondeu que antes de tudo mandaria cercar o palacete, para evitar fugas, e depois iria bater.

— E se não abrirem?

Então, ele mandaria arrombar o portão.

— Mas assim não vai haver surpresa! Eles terão tempo de se recompor! — objetou don Filippo. — Não é melhor mandar um soldado seu, experiente, e ver se há um modo de entrar sem arrombar o portão?

O capitão concordou e enviou um sargento que era um lobo de guerra.

Meia hora depois, o sargento voltou trazendo uma boa notícia. Ou seja, que o portão estava semiaberto e que, de guarda, só havia dois homens.

E disse ao capitão que se este lhe desse três soldados, escolhidos por ele mesmo, garantia que os dois guardas seriam agarrados e deixados em condições de não dar o alarme.

E foi assim que, num abrir e fechar de olhos, Pippo Nasca e Totò 'Mpallomeni foram postos fora de combate por duas fortes pancadas na cabeça, que lhes pareceram pedras caídas do céu.

Dez minutos depois, don Filippo Arcadipane, o capitão e dez soldados armados entravam no palacete pelo portão principal.

— Ninguém se move — disse don Filippo, entrando no refeitório.

Palavras inúteis, porque todos tinham se paralisado. Don Simone com uma coxa de frango entre os dentes, o barão Torregrossa inclinado, beijando os peitos da moça que estava sentada ao seu lado, o cônego Bonsignore dirigindo suas atenções à lua cheia de uma jovem que, para isso, era obrigada a comer de pé...

O primeiro capaz de reagir foi don Cono Giallombardo.

— Esta é uma festa particular. Os senhores não têm nenhum direito de me prender!

A essa altura, todos acordaram da paralisia.

— Vocês não sabem quem eu sou! — esbravejou o conde Ciaravolo.

— Não estamos fazendo nada contra a lei! — gritou o marquês Pullara.

— É um abuso! Vocês não têm esse direito! — reforçou o marquês Bendicò.

— De fato, até um momento atrás, eu não teria nenhum direito de fazer isto — replicou friamente o Grão-Capitão. — Deveria prender somente o marquês Trecca por manter uma casa de meretrício fazendo-a passar por obra de caridade. Mas, agora, posso prender todos os senhores.

— Por quê? — reagiu don Cono.

— Quem disse que pode? — perguntou, agressivo, o barão Torregrossa.

— A lei é quem diz. Os senhores foram surpreendidos quando cometiam um ato de voluntária e óbvia blasfêmia, fazendo, obscenamente e para fins licenciosos, essas jovens usarem hábitos de religiosa. Além disso, cada freira de mentira traz ao pescoço um crucifixo.

Era verdade. E todos emudeceram.

— Os senhores só têm uma escolha: ou se deixam prender por mim ou eu os entrego ao Santo Ofício — continuou don Filippo.

Nenhum dos oito teve a mínima dúvida nem opôs qualquer resistência quando os soldados lhes ataram os pulsos atrás das costas.

Enquanto isso, o capitão acompanhava as moças às respectivas celas.

Dez soldados, sob o comando de um sargento, ficaram no palacete. Don Filippo também ficou.

Os presos, inclusive Totò 'Mpallomeni e Pippo Nasca, rodeados pelos militares, seguiram a pé para o cárcere.

Don Alterio, enquanto caminhava, chorava. Não era um pranto de vergonha ou de desespero, mas um pranto libertador, quase de grande alívio.

Em seguida entraram no palacete a parteira, as duas ajudantes e o cesto com os trinta ovos. A parteira deu início aos exames.

Quando desceu, uma hora depois, disse que não tinha encontrado nenhuma órfã ainda virgem. Por isso, não havia precisado dos ovos.

O Grão-Capitão a fez assinar um documento e foi embora, assim como a parteira e as duas ajudantes. Os dez soldados permaneceram de guarda.

Três horas mais tarde, Pippo Nasca e Totò 'Mpallomeni confessaram ter assassinado três órfãs por ordem de don Simone.

E também disseram onde as tinham enterrado.

CAPÍTULO 11

Aparece o fantasma de don Angel e faz um grande dano

A primeira sessão do novo Conselho foi aberta pontualmente às dez da manhã da terça-feira seguinte.

Primeiro falou o Grão-Capitão de Justiça, que contou o que acontecera no palacete da Obra Pia e por que tivera de prender todo mundo. Após a confissão dos dois sicários, havia mandado uns guardas procurarem os corpos das três moças, os quais foram encontrados a poucos metros da Obra Pia. Os cadáveres foram postos em ataúdes e sepultados novamente em terra consagrada.

De manhã, o Tribunal tinha decretado o confisco dos bens e a condenação a cinco anos de todos os presentes ao jantar, à exceção de don Simone, que fora condenado à morte, junto com Nasca e 'Mpallomeni, por triplo homicídio.

As vinte e quatro órfãs haviam sido levadas, por ordem precisa de dona Eleonora, para o convento de Santa Teresa.

Sempre na noite da véspera, havendo don Simone feito ampla confissão, tinham sido presos os cúmplices que lhe assinalavam as mais belas órfãs que ele encaminharia ao meretrício. Tratava-se de madre Teresa, abadessa do convento de Santa Lucia, de irmã Martina, responsável pelo orfanato anexo ao convento do Sagrado Coração, de don Aglianò, que mantinha um asilo para órfãs, e de frei Agenore, vice-superior dos franciscanos.

O Grão-Capitão concluiu dizendo que o marquês havia fornecido a lista dos bens indiretamente obtidos com seu torpe comércio, e que estes demonstraram ser uma coisa espantosa.

Depois dele, o Grão-Mestre do Fisco propôs que don Esteban, uma vez concluído seu trabalho com os ex-Conselheiros, se transferisse para Messina a fim de interrogar o chefe do estaleiro.

E que, depois de Messina, o Grão-Visitador fosse a Bivona a fim de investigar o que fazia don Aurelio Spanò, marquês de Puntamezza, pois estava quase certo de que este botava no bolso metade do dinheiro dos impostos, como afirmavam os bivonenses. Por fim, disse que, em consequência de todos os confiscos que estavam sendo feitos do dinheiro e das propriedades dos corruptos, a receita assim obtida talvez permitisse alguma redução de taxas.

Dona Eleonora, que estava bastante interessada nesse assunto, pediu explicações ao Grão-Tesoureiro. E este respondeu que, efetivamente, o dinheiro estava entrando aos montes nos cofres estatais.

Em seguida, a marquesa ordenou que a prisão e a condenação de don Simone e dos amiguinhos deles fossem levadas ao conhecimento da população pelos arautos, que deveriam percorrer todas as ruas da cidade.

Depois, comunicou que no próximo Conselho, na sexta-feira, explicaria tudo o que pretendia fazer.

E encerrou a sessão.

Não queria se atrasar porque havia convidado para o almoço a princesa de Trabia e don Serafino. Queria conversar longamente com eles sobre os projetos que vinha alimentando.

Quando se fechava o portão do Palácio, à noite, era habitual que, além dos guardas externos que circulavam em torno dos muros, a dez passos um do outro, ficassem do lado de dentro doze soldados selecionados, trocados a cada semana e comandados pelo tenente Ramírez, o qual, em contraposição, permanecia fixo na função.

Desses doze soldados, três prestavam serviço diante do apartamento privado da Vice-Rainha: um em frente à porta, o segundo no meio do corredor e o terceiro no topo da escada que levava ao andar de baixo.

Depois de uma hora, em geral, considerando que dentro do Palácio nunca acontecia nada, aquele do alto da escada se estirava no chão e adormecia.

Os outros dois também pegavam no sono, mas dormiam em pé como os cavalos, com os ombros apoiados à parede.

Naquela semana, os três soldados destinados à guarda do apartamento se chamavam Osorio, que era aquele diante da porta, Vanasco, que era o do meio do corredor, e Martínez, que era o do alto da escada.

Foi enquanto dormia a sono solto, ajudado pela meia escuridão proporcionada pelo fato de que a única tocha a iluminar o corredor estava longe, que Osorio foi acordado de repente por algo que de início ele não compreendeu.

Era uma voz humana ou um bicho?

Aguçou os ouvidos e um tempinho depois se convenceu de que era uma voz de homem se lamentando:

"Aiii! Aiii! Aiii!"

E o que fazia um homem dentro do apartamento privado, onde só deveriam estar mulheres, ou seja, dona Eleonora e as quatro camareiras?

Visto que os gemidos desesperados continuavam, Osorio foi ao encontro de Vanasco, que dormia, e o acordou.

— Venha comigo.

— O que houve?

— Venha ouvir.

Vanasco foi atrás dele e também escutou os gemidos.

Talvez alguém tivesse entrado no apartamento por outra porta. Mas essa porta dava diretamente para o quarto onde estava o caixão de don Angel.

Os dois foram correndo atrás de Martínez e o acordaram.

— Você viu alguém passar?

— Alguém? — repetiu Martínez, ainda meio adormecido.

— Sim, um homem.

— Não — disse Martínez.

O qual, no sono profundo em que estivera, não teria visto passar nem mesmo um exército inteiro.

Os três foram verificar se os lamentos continuavam.

Continuavam.

— Vou chamar o senhor tenente — avisou Osorio, inquieto. — Não saiam daqui.

O tenente Ramírez chegou correndo, com uma tocha acesa na mão. E também ouviu os gemidos, que se tornavam cada vez mais pavorosos.

Agora estavam todos impressionados.

— Vá chamar o Chefe do Cerimonial. Que ele venha com a chave do apartamento privado.

A outra chave estava com Estrella, a camareira-chefe.

O Chefe do Cerimonial chegou de camisolão e abriu. Entraram todos na antecâmara.

E logo ficou claro que os gemidos vinham do aposento onde estava o cadáver de don Angel.

Todos ficaram de cabelo em pé e começaram a tremelicar, apavoradíssimos.

— Quem tem a chave daquele quarto? — perguntou Ramírez.

— Dona Eleonora.

— Não há nenhuma outra porta?

— Sim, há uma segunda que dá para o patamar. Mas está fechada há muito tempo — respondeu o Chefe do Cerimonial.

— E quem tem a chave?

— Não sei.

Então o tenente se aproximou da porta fechada e perguntou:

— Quem é?

Não veio nenhuma resposta. Os lamentos, porém, ficaram mais terríveis.

O tenente, com uma voz que de vez em quando tremia, perguntou ainda:

— Precisa de ajuda?

— Siiiiiiim! — respondeu uma voz cavernosa, que parecia vir das profundezas da terra.

A tocha caiu da mão do tenente aterrorizado e se apagou, e eles ficaram no escuro.

E todos, aos empurrões, fugiram para o corredor. E ali ficaram, ofegando, apertando-se uns aos outros.

E naquele preciso momento os gemidos pararam.

Todos aguçaram os ouvidos, mas não escutaram mais nada.

Na manhã seguinte, o Chefe do Cerimonial e o tenente Ramírez perguntaram respeitosamente a dona Eleonora se podiam pegar a chave do aposento onde estava o cadáver.

— Esta noite ouvimos um homem gemendo lá dentro — disse o Chefe do Cerimonial.

— E pedindo ajuda — completou o tenente.

— Estáis seguros?

— Seguríssimos.

— Voy con vosotros.

Dentro, estava tudo em perfeita ordem. Os castiçais continuavam com os círios acesos. O tenente Ramírez foi verificar a outra porta.

Parecia não ter sido aberta havia anos.

O Chefe do Cerimonial e o tenente ficaram sem graça. E ficaram ainda mais com a olhada que dona Eleonora lhes dirigiu.

Naquela mesma manhã, o soldado Osorio, que se entendia intimamente com a camareira do Palácio encarregada de fazer as compras domésticas, contou-lhe sobre o grande pavor que sentira. E ela, que era bastante mexeriqueira, transmitiu a história a todo o mercado.

Na noite seguinte, não aconteceu nada. O corre-corre veio a acontecer na noite entre a quinta e a sexta-feira.

Meia hora depois da meia-noite, os dois soldados de guarda no primeiro andar, que se chamavam del Rojo e Sánchez e que dormiam em pé encostados um ao outro, foram acordados por uma forte e repentina onda de frio.

Como estava um tempo feio, de chuva e vento, acharam que uma lufada mais forte havia aberto uma janela. E um instante depois, talvez por outra lufada, a única tocha de parede se apagou.

Sentiram-se inquietos de imediato, porque haviam sabido daquilo que acontecera três noites antes.

Mas não tiveram tempo de ir reacender a tocha porque um lamento de alma penada os paralisou.

E depois, à luz de um relâmpago, viram uma coisa horripilante.

Um fantasma, com os braços erguidos, dirigia-se para eles, ameaçador, soltando aquele gemido que não era possível escutar sem se apavorar mortalmente.

— Una aparición! — gritou del Rojo.

— Un fantasma! — bradou Sánchez.

E os dois escapuliram, soltando berros desesperados, berros tão altos que acordaram meio Palácio.

O único caminho de que dispunham era o da escada. Desceram correndo e passaram disparados diante de Martínez, atordoado pelo sono.

— Una aparición!

— Un fantasma!

Martínez começou a correr atrás deles, também aos berros.

Em seguida, os três soldados se viram diante de Vanasco, o mais corajoso de todos, que os deixou passar, mas ficou parado no lugar, com o sabre desembainhado, esperando a chegada do fantasma.

Osorio também acudiu e ficou ao lado dele.

E o fantasma branco apareceu na ponta do corredor. Mas não estava sozinho.

Atrás dele vinha outro fantasma.

Dois fantasmas eram demais para aguentar. Vanasco e Osorio também viraram as costas e partiram às carreiras, com os três que os precediam, rumo ao fundo do corredor.

— Dos apariciones!

— Dos fantasmas!

E assim não puderam perceber uma coisa estranha que havia acontecido. E foi que o primeiro fantasma, ao escutar um grande lamento às suas costas, se voltou e, ao ver o segundo fantasma, caiu desmaiado.

Porque o primeiro fantasma não era propriamente um fantasma, e sim o Chefe do Cerimonial, que acordara com a gritaria e se levantara vestido com o camisolão branco e a touca branca com pompom que ele usava para dormir.

Tendo ultrapassado o fantasma caído no chão, o segundo fantasma continuou avançando, sem parar de soltar seus gemidos de alma penada.

Os soldados, agora completamente fora de si por causa do pavor, não tinham mais para onde fugir, pois a única saída era uma janela.

E foi nesse preciso momento que Sánchez recordou que justamente abaixo daquela janela havia um terracinho. Pequeno e estreito, mas havia.

Sem pensar duas vezes, abriu a janela e se jogou lá embaixo. Os outros quatro foram atrás, continuando a gritar:

— Dos apariciones!

— Dos fantasmas!

Enquanto isso, o berreiro havia acordado dona Eleonora. A qual se levantou, saiu do apartamento e foi até o corredor, onde encontrou o tenente segurando pelos ombros o Chefe do Cerimonial, que tremia dos pés à cabeça, arregalava os olhos e dizia:

— Um fa... fantasma! Um fa... fantasma!

Meia hora depois, soube-se que Sánchez, ao pular da janela, havia tomado impulso demais e, em vez de cair no terracinho, tinha ido parar vinte metros mais embaixo, aos pés do muro do Palácio, morrendo imediatamente.

Dona Eleonora decidiu que não era o caso de reunir o Conselho na manhã seguinte. O que ela pretendia comunicar aos Conselheiros podia ficar para a terça-feira.

E como não seria possível falar naquela hora com o Chefe do Cerimonial, mandou chamar o vice-chefe e lhe ordenou avisar aos Conselheiros, assim que amanhecesse, que o Conselho estava adiado.

Mas, a essa altura, a marquesa estava sem sono. Então foi para o escritório a fim de ler as cartas que havia recebido. Porque agora lhe escreviam de toda a Sicília.

A história do fantasma não a impressionara nem um pouco. Mesmo assim, ela decidiu conversar a respeito com o tenente Ramírez, pela manhã. Estava convencida de que se tratara de uma brincadeira pesada, feita entre soldados, e que infelizmente acabara mal.

Mas à primeira claridade do dia que já entrava pela janela, Estrella foi lhe dizer que na antecâmara havia um padre querendo lhe falar com urgência. Ela se levantou e foi até lá.

O padre, que ela jamais havia visto, era baixinho, tinha olhos espiritados, estava paramentado com estola e trazia na mão a caldeirinha com água benta e o aspersório. Não a cumprimentou, limitou-se a encará-la fixamente.

— Quién es Usted?

— Eu sou don Scipione Mezzatesta, o novo capelão do Palácio. Don Asciolla foi transferido para outro lugar.

— Qué quiere?

— A chave do aposento onde está o corpo de seu marido.

— Por qué?

— Creio que é meu dever proceder à imediata bênção do defunto. O fantasma desta noite é claramente ele, que perambula se lamentando por ainda não ter tido sepultura cristã.

Chamas negras se acenderam nos olhos de dona Eleonora.

— Fuera de aquí!

— Deverei informar a Sua Excelência Reverendíssima o Bispo que...

— Fuera de aquí!

O padre virou as costas e saiu.

. . .

Naquela mesma manhã, o bispo mandou transmitir a todos os párocos a ordem de avisar aos paroquianos que no dia seguinte, sábado, ao meio-dia, queria todo mundo na Catedral, porque, após a celebração de uma missa pela alma sem paz de don Angel, ele faria um sermão especial, e que no domingo de manhã haveria uma solene procissão que, partindo também da Catedral, seguiria até o Palácio.

Ao meio-dia do sábado, nem sequer um alfinete encontraria lugar na igreja. Uma grande quantidade de gente, não podendo entrar, ficou do lado de fora.

Para subir ao púlpito o bispo teve que abrir caminho entre as pessoas, que se plantavam até mesmo na escadinha.

Ele sabia que havia iniciado com dona Eleonora uma batalha que só poderia terminar com o desaparecimento, de um modo ou de outro, de um dos dois. E tinha decidido falar sem lançar anátemas, e sim usando termos que tocassem o coração.

Iniciou afirmando que nem todo o ouro da terra poderia convencê-lo a não dizer as palavras que estava prestes a dizer. Além do mais aquelas palavras, se mal compreendidas, poderiam gerar contra ele uma acusação bastante grave, a de ter se rebelado contra quem representava o poder do nosso amado Soberano, o Rei da Espanha.

Então, por que falava?

Não para obedecer a uma ordem superior, mas só para dar voz à sua consciência de pastor, o qual devia conseguir que todos os fiéis seguissem os santos preceitos. E entre esses santos preceitos havia um sobre o qual não se podia transigir: sepultar os mortos.

"Irmãzinhas e irmãozinhos meus, filhas e filhos meus, alguma vez lhes passou pela cabeça não dar sepultura cristã a uma pessoa que lhes foi cara? Ao seu pai? À sua mãe? Nunca, disso estou mais do que convencido. E quem, ao contrário, não quer sepultar os mortos, o que é? Um ser humano ou um animal? Um animal, dirão vocês. Mas atenção, irmãzinhas e irmãozinhos meus: podem existir pessoas que têm aspecto humano e sentimentos de um animal. E essas pessoas só podem estar possuídas pelo demônio ou ser a encarnação do próprio demônio. E aqui, em Palermo, digo-lhes isto com o coração em prantos, há uma mulher que, se não é o demônio, ao demônio pertence. Compreendem de quem estou falando?"

"Sim", responderam mil vozes.

"Essa mulher", recomeçou o bispo, "se recusa a sepultar o marido e conserva o morto em casa. Por que faz isso? Quem sabe, e eu tremo só de pensar, esse morto lhe sirva para certas feitiçarias diabólicas? E uma noite dessas, como todos vocês sabem, a pobre alma do morto começou a perambular pelos aposentos, gemendo e pedindo ajuda. Porque sua mulher não quer lhe dar a paz a que ele tem direito."

"Maldita mulher!", fez uma voz agudíssima, quase histérica.

"Maldita! Maldita!", repetiram em coro centenas de vozes.

"E querem saber de uma coisa?", continuou o bispo. "Ontem de manhã, ela ousou expulsar o padre que desejava benzer o morto para dar ele um pouquinho de descanso!"

Houve um longo murmúrio de escândalo e reprovação.

A essa altura, bastou que uma mulher se jogasse no chão, babando, para dezenas de outras começarem a fazer o mesmo. Havia quem, de joelhos, batesse as mãos no peito, quem puxasse os próprios cabelos, quem se retorcesse, quem se enrolasse, quem mostrasse o branco dos olhos...

O bispo, com toda a força dos pulmões, disse que a procissão solene partiria às nove da manhã seguinte, e a seguir desceu do púlpito.

Estava contente pelo trabalho que havia feito.

E como, pouco depois, veio a se saber no Palácio sobre o sermão do bispo, o tenente Ramírez, pelo sim, pelo não, pediu e obteve que na manhã seguinte os soldados da guarda externa fossem triplicados.

O bispo, por sua vez, teve com Mezzatesta e quatro padres de confiança uma longa reunião, na qual ficaram estabelecidos todos os detalhes da procissão e do pós-procissão.

No início da tarde, don Serafino, preocupado, correu a falar com dona Eleonora, para avisá-la de que na cidade havia um grande rebuliço por causa da história do marido insepulto e do suposto fantasma. E, como não sabia nada do que havia acontecido, porque não ia ao Palácio desde a terça-feira anterior, pediu que ela lhe contasse tudo. No final, ficou em silêncio um tempinho e depois pediu a dona Eleonora a chave do quarto do catafalco. A marquesa lhe deu a chave, sem fazer perguntas.

O protomédico foi falar com o Chefe do Cerimonial.

— Gostaria de lhe perguntar sobre o episódio da tal noite.

— De quando eu vi o fantasma?

— O fantasma não me interessa.

— Então, o que o senhor quer saber?

— De onde vinham os gemidos.

— Com toda a certeza, do quarto onde está o caixão do Vice-Rei.

— É verdade que o tenente perguntou ao homem que gemia se ele precisava de ajuda?

— Claro. E a resposta foi sim. Eu mesmo escutei, com meus próprios ouvidos. E a voz vinha de lá.

— Disseram-me que naquele quarto há uma segunda porta.

— É verdade.

— E quem tem a chave?

— Não sei.

Don Serafino agradeceu ao Chefe do Cerimonial, foi abrir a porta da câmara mortuária e fechou-a atrás de si.

Não acreditava em fantasmas. Os quatro candelabros forneciam uma luz suficiente. Ele olhou ao redor.

E percebeu que, na parede à direita, havia um grande vão com as laterais esculpidas em forma de falsas colunas que sustentavam um arco. Seguramente, aquele quarto, em tempos passados, devia ter sido uma capela.

Aproximou-se da porta do fundo, que era grande e velha, e examinou-a demoradamente, concentrando-se principalmente na fechadura.

Estava começando a fazer uma ideia, mas ainda precisava de algumas respostas.

CAPÍTULO 12

Procissões, confrontos, mortos falantes, fantasmas e outras coisas mais

Don Serafino desceu à capela que ficava no térreo. A porta estava só encostada, ele empurrou e entrou. Dentro não havia vivalma. Passou à sacristia, e também aqui não encontrou ninguém.

Já ia saindo, decidido a voltar mais tarde, quando, pela portinha que levava da sacristia ao pequeno apartamento reservado ao pároco, escutou vir um ruído.

Foi até lá e topou com don Asciolla, que estava metendo uns poucos objetos numa trouxa. Don Serafino o conhecia havia anos e o estimava. O religioso sempre lhe parecera alguém que não se imiscuía, discreto, ocupado em fazer seu trabalho de padre e só. Cumprimentaram-se com simpatia.

— Eu soube que o senhor foi substituído — começou don Serafino.

— Pois é. Depois de vinte anos aqui. Vi passarem muitos Vice-Reis! E nunca nenhum que... Bom, deixemos para lá.

— Lamento. Mas por que essa substituição?

O padre Asciolla abriu os braços.

— Sua Excelência Reverendíssima o bispo não se dignou a me dar explicações. E eu só posso obedecer. Seja feita a vontade de Deus. O senhor me encontrou aqui por acaso. Vim buscar minhas coisas.

— E onde está o novo capelão?

— No palácio episcopal, com o bispo. Ele e Sua Excelência Reverendíssima, falando com o devido respeito, são tão próximos quanto o cu e os fundilhos. Estão organizando a tal procissão solene. Mas eu me pergunto: se a cristã que é a viúva prefere sepultar o falecido na Espanha, que mal há nisso? A função pelo morto eu mesmo a celebrei, eu mesmo encomendei o corpo. Por isso, considerando a coisa do ponto de vista da Igreja, está tudo em ordem.

— Sabe quando seu substituto volta?

— Como vou saber? Mas não creio que ele apareça por aqui antes de amanhã à tarde.

— Tenho uma curiosidade. O senhor deve saber, já que está no Palácio há vinte anos. O aposento onde agora está o ataúde de don Angel era usado antes para quê?

— Era a capela. Um ano antes que eu viesse para cá, concluíram esta aqui, que é maior, trouxeram as coisas que estavam lá, e a outra se tornou um quarto como os outros.

— A velha capela tinha quantas portas?

— Sempre foram duas. O Vice-Rei e seus familiares entravam pela porta que dá para o apartamento privado. Todos os outros, inclusive o padre, usavam a segunda porta, aquela do patamar, que, desde então, ficou sempre fechada.

— Sabe quem tem a chave dessa segunda porta?

— Claro. Está aqui.

Don Asciolla foi até um móvel cuja parte superior era toda de gavetinhas muito pequeninas, abriu uma e tirou uma enorme chave que trazia, amarrado com barbante, um pedaço de papel no qual estava escrito: "chave da velha capela".

— Pode me emprestar? Devolvo logo.

— Tudo bem, mas não demore muito, porque já estou de saída.

Don Serafino subiu até o segundo andar, parou diante da porta, meteu a chave, girou-a, mas esta não se moveu, ficou bloqueada. Ele tentou de novo, com mais força, mas não conseguiu.

As hipóteses eram duas: ou a fechadura estava enferrujada demais para funcionar, ou aquela não era a chave certa.

Mas podia ser que...

Ele tirou a camisa, enrolou uma ponta, bem apertada, e, firmando-se bem nos pés, meteu-a no buraco da fechadura, empurrando-a o máximo que podia.

Retirou-a manchada.

Não de ferrugem, mas de óleo.

Desceu de volta, entregou a chave ao padre. E depois fez as perguntas que logicamente devia fazer.

— Como se chama o padre que veio para o seu lugar?

— Don Scipione Mezzatesta.

— Ele conhece a história da velha capela?

— Sim, me disse que Sua Excelência Reverendíssima lhe contou. E até, quando veio para cá, quis saber de mim onde ficava a chave.

— E a experimentou?

— Não. Experimentar para quê? Só quis vê-la, e pronto.

Don Serafino saiu contente da capela.

Estava mais do que seguro de ter acertado em cheio. E quis ir falar logo com dona Eleonora. Contou tudo, explicou o que pretendia fazer, e a marquesa lhe deu carta branca.

Diante da Catedral estavam reunidas bem umas duas mil pessoas, e dentro se acotovelavam quase mil. Os párocos haviam se empenhado totalmente, ameaçando com excomunhões, doenças e castigos divinos. E cada uma daquelas pessoas, em matéria de gritos, esconjuros, insultos, blasfêmias e maldições contra a Vice-Rainha, além de invocações, lamentos, prantos, ave-marias e pai-nossos, valia por três.

Trinta padres, oportunamente colocados tanto dentro quanto fora, distribuíam crucifixos de vários tamanhos e centenas de caveiras de papelão trazendo na fronte a palavra "sepulte-me", caveiras que eram erguidas no topo de uma haste.

As freiras e os frades de todos os conventos de Palermo abriam a procissão, recitando o Rosário.

Em seguida, vinham cem padres que cantavam a prece pelas almas dos mortos.

Logo depois, avançava o baldaquino erguido por quatro padres. Das janelas e dos balcões, as pessoas lançavam flores em cima. Embaixo do baldaquino, caminhava lentamente o bispo, vestido com paramentos dourados, e segurando diante de si, com as duas mãos erguidas, o ostensório de ouro com o Santíssimo dentro.

Atrás, uma fila de outros cem padres que recitavam as ladainhas do ofício dos defuntos.

Seguiam-se três mil pessoas que bradavam, agitando no ar caveiras e crucifixos, e continuamente solicitadas e incitadas por trinta padres misturados ali no meio.

— Gritem mais alto!
— Estão sem ar nos pulmões?
— Mantenham bem altos os crucifixos e as caveiras!
— Perderam a força dos braços?

Quando a procissão chegou ao grande espaço diante do Palácio, todos puderam perceber que um triplo cordão de soldados armados o protegia.

Por isso as freiras e os frades que abriam a procissão pararam a uma certa distância. A única coisa que fizeram foi levantar a voz, de tal modo que o Rosário fosse ouvido até dentro do Palácio.

Um tempinho depois, abriram-se em leque, para os que traziam os crucifixos e as cruzes poderem passar à frente e iniciarem um coro de muitas vozes.

Coro que haviam ensaiado quando se encontravam dentro da Catedral.

Um grupo dizia:

Fora de Palermo, mulher condenada!
E vá sozinha, como em sua chegada!

E outro continuava:

Sepulte o morto em terra bendita,
mulher perversa, mulher maldita!

Depois as vozes se unificavam:

Enterre o morto e nos esqueça,
e no inferno desapareça!

Em seguida, quando já haviam repetido o coro por três vezes, todos se retiraram e no lugar deles avançou lentamente o bispo, sem baldaquino, mas sempre trazendo o Santíssimo.

Todos os presentes se ajoelharam. O bispo recitou uma prece que não acabava nunca e depois fez por três vezes um sinal-da-cruz no ar, com o ostensório.

A procissão havia terminado e o bispo, depois de abençoar o público, retornou à Catedral, mas só ele e os quatro padres que seguravam as hastes do baldaquino.

Na verdade, a cerimônia tinha uma continuação.

Todas as freiras, os frades, os padres e as três mil pessoas permaneceram na esplanada, onde haviam sido montados quatro altares provisórios. E aqui, até o cair da noite, continuamente seriam celebradas missas pela salvação da alma de don Angel.

E o bonito foi que, à tarde, meia Palermo saiu de casa para ir ver o que estava acontecendo em frente ao Palácio, e em pouco tempo não houve espaço nem para uma sardinha. Até explodiram algumas brigas entre os recém-chegados, porque havia os que se colocavam do lado do bispo e os que, ao contrário, afirmavam que dona Eleonora podia mandar enterrar o marido quando e onde achasse melhor.

Assim que o sol se pôs e as missas acabaram, o bispo voltou à esplanada para iniciar a segunda parte do grande protesto contra o não sepultamento do Vice-Rei, a qual consistia em uma novena noturna, à luz dos archotes, que duraria ininterruptamente até as cinco da manhã.

• • •

Pouco antes da meia-noite, o padre Scipione Mezzatesta, que ficara o tempo todo incitando os fiéis, aproximou-se do bispo, falou com ele em voz baixa, despediu-se e voltou ao Palácio entrando por uma porta secundária que era a mais próxima da capela.

Apesar da grande balbúrdia que havia lá fora, dentro estava tudo calmo.

A única novidade era que os soldados de guarda no primeiro e no segundo andares tinham sido trocados antes do tempo, e em seu lugar havia outros soldados que o tenente Ramírez havia escolhido um a um.

Mas, passada a meia-noite, eles também foram derrubados pelo sono e adormeceram.

E foi assim que o fantasma, que se materializou no térreo, pôde subir a escada e chegar, sem ser visto, a uma janela do primeiro andar que estava aberta. Ali se debruçou, balançando os braços no ar, como quem pede ajuda desesperadamente.

E como bem abaixo daquela janela havia uma tocha, algumas pessoas o perceberam e começaram a gritar:

"O fantasma!"

A notícia correu, repetida de boca em boca:

"O fantasma!"

Foi então que o bispo bradou:

— Estão vendo? É a alma sem repouso de don Angel! Foi aquela mulher diabólica que o deixou assim!

Todos caíram de joelhos.

Enquanto isso o fantasma tinha se retirado e subido ao segundo andar, parando diante da porta da ex-capela.

Abriu-a sem fazer o mínimo barulho, entrou, e ainda teve tempo de sentir o fedor de morto que pairava no aposento — embora o protomédico, antes, e o fabricante de ataúdes, depois, tivessem feito um bom trabalho —, mas não de fechar a porta atrás de si.

Porque de repente veio do caixão uma voz sepulcral, terrível, capaz de matar de pavor:

— Quem és tu, que vens perturbar meu sono eterno?

— Aaaaahhhhhh! — gritou o fantasma, em pânico.

Virou as costas e escapuliu do aposento.

O soldado de guarda, que segundo a ordem recebida havia fingido dormir, levantou-se num salto e tentou agarrá-lo, mas o fantasma se esquivou e começou a descer correndo a escada. No quarto degrau, porém, tropeçou e rolou até o andar de baixo.

Levantou-se, livrou-se do lençol que o cobria e se precipitou, mancando, para a porta secundária, seguido pelos soldados e por don Serafino, que desde uma hora antes esperava por ele atrás do caixão de don Angel para lhe pregar aquela peça maligna.

O padre Scipione Mezzatesta havia compreendido que, se conseguisse alcançar o bispo, talvez se livrasse da prisão. Assim que surgiu na esplanada, sempre correndo, começou a gritar:

— Eu sou o padre Mezzatesta! Socorro! Estou sendo preso!

A essa altura, os soldados alcançaram, seguraram, levantaram no ar o ex-fantasma e o levaram para dentro. Ali, esperavam por ele don Serafino e o tenente Ramírez.

— O senhor foi esperto — disse don Serafino. — Pegou a chave na gavetinha e a substituiu por uma semelhante, inclusive prendendo nela a identificação. Mas se deu mal do mesmo jeito.

— Desejo falar com o Grão-Capitão de Justiça — respondeu o padre Scipione, repentinamente calmo.

— Por quê?

— Quero dizer a ele que tudo o que fiz foi para obedecer a uma ordem de Sua Excelência Reverendíssima o Bispo. Espero que o Grão-Capitão leve isso em conta.

— Comunico-lhe que o senhor está preso — concluiu Ramírez, só para deixar as coisas claras.

• • •

Enquanto isso, lá fora, a novena havia sido interrompida.

Entre o aparecimento do fantasma e a notícia da prisão do padre Mezzatesta, uma espécie de rastilho incendiário havia percorrido rapidamente toda aquela enorme massa de pessoas, fazendo-a arder de furor e de raiva.

Todos, tremendo pela irresistível ânsia de se desafogar, esperavam a decisão do bispo, que enquanto isso se mantinha à parte, rodeado por alguns padres.

Turro Mendoza estava bastante preocupado, porque, conhecendo-o muito bem, sabia que não podia confiar no padre Mezzatesta, o qual mais cedo ou mais tarde confessaria tudo, revelando a ideia de que o fantasma de mentira não tinha nascido de sua cabeça. E não teria escrúpulo em dar o nome dele, bispo, como único responsável por aquela palhaçada. Por isso, era preciso libertá-lo o mais depressa possível.

Ignorava que o padre Malatesta já baixara as calças, na intenção de obter uma condenação menos pesada, e que agora qualquer tentativa de silenciá-lo era inútil.

O bispo disse então aos padres que levassem ao máximo possível a exasperação e a histeria dos fiéis, e depois os mandassem atacar os soldados que protegiam o Palácio.

— Mas eles vão nos massacrar facilmente! — protestou um dos padres.

— Não temos armas!

— Nossa arma é a fé! — replicou duramente o bispo.

— Tudo bem, mas com a fé podemos apenas morrer, não podemos quebrar a cabeça de um soldado! — replicou o mesmo padre.

— Pois então, ordenem que cada um se arme de paus e pedras, de barras de ferro, de qualquer coisa que possa ferir. Quebrem os galhos das árvores da esplanada e façam bastões!

"Tomara que com isso tenhamos um morto!", pensava ao mesmo tempo o bispo.

Assim, a fúria dos fiéis se tornaria incontrolável, e sabe-se lá como iria acabar.

Quando viu que as pessoas se armavam de pedras e porretes, o capitão que comandava a tríplice fileira de soldados do lado de fora, e que se chamava Villasevaglios, compreendeu que as coisas estavam ficando pretas. Já não se tratava de brados e preces, mas de pancadaria, e pancadaria feroz. Então mandou um tenente falar com dona Eleonora para saber como devia se comportar.

Recebeu uma ordem precisa. A marquesa queria que, a qualquer custo, não houvesse nem mortos nem feridos entre as pessoas, em caso de ataque ao Palácio. Os sabres deviam ser usados, sim, mas de lado, nunca de ponta ou de gume.

De repente umas quinhentas pessoas se lançaram contra os soldados, gritando raivosamente:

— Libertem Mezzatesta!
— Sacrilégio!
— Fora de Palermo, demônio!

O primeiro ataque foi repelido. Cinco ou seis soldados foram levados para dentro com a cabeça quebrada por bordoadas ou pedradas.

Entre o primeiro e o segundo ataques, passou-se meia hora. Don Valentino Puglia, que antes de se tornar padre havia sido soldado e era homem de confiança do bispo, assumiu o comando e organizou melhor as quase três mil pessoas enraivecidas e alucinadas, que agora já não queriam só o sepultamento de don Angel e a libertação do padre Mezzatesta, mas a expulsão de dona Eleonora de Palermo.

Enquanto isso, haviam chegado dezenas de gadanhos, enxadas e pás, obtidos das casas próximas e distribuídos aos homens que se demonstravam os mais furiosos de todos.

O segundo ataque foi mais violento do que o primeiro. Com grande dificuldade, os soldados conseguiram repelir os atacantes, mas só depois de um confronto que demorou muito e em certos momentos foi tão desenfreado que os soldados perderam outros dez homens, feridos mais ou menos seriamente.

Estava claro que, num terceiro assalto, e não podendo usar as armas, eles deveriam ceder. O capitão Villasevaglios, que havia pedido reforços urgentes, ficava mais ansioso a cada minuto que passava, temendo que eles não chegassem a tempo.

Mas tornava-se cada vez mais débil a possibilidade de evitar feridos entre os atacantes. Não se podia excluir que algum soldado, vendo-se perdido, usasse o sabre não como um bastão, mas como um verdadeiro sabre.

A essa altura, don Serafino, visto que a situação se tornara perigosa, tentou convencer dona Eleonora a abandonar o Palácio e a se abrigar temporariamente na caserna dos soldados ou em algum dos veleiros de guerra que estavam no porto, mas a marquesa não quis ouvir argumentos e não houve jeito de fazê-la mudar de ideia.

Enquanto don Valentino Puglia dava o comando de atacar novamente, desta vez com duas mil pessoas e quase todas portando objetos que podiam matar, ocorreu um fato que ninguém no mundo poderia esperar.

Chegaram à esplanada, em grande velocidade, trezentos homens, todos bem jovens e consideravelmente robustos. Gritavam com todo o fôlego de seus pulmões:

Viva dona Eleonora!
Dona Eleonora é nossa!

Eram os membros da mestrança dos estivadores, que começaram a cobrir de socos e pontapés os fiéis. A cada soco, abatiam um.

E depois chegaram apressados uns quinhentos, pertencentes às outras mestranças, os quais haviam sido acordados no meio da noite para acorrer em ajuda a dona Eleonora.

Então Villasevaglios ordenou o contra-ataque.

Assim, os fiéis se viram ameaçados simultaneamente tanto pela frente quanto pela retaguarda.

O primeiro a escapulir foi o bispo.

Estando ele ausente, desencadeou-se uma debandada geral.

Meia hora depois, já não havia quase ninguém na esplanada, porque os homens das mestranças tinham voltado para suas casas a fim de tentar recuperar um pouquinho do sono perdido, e os soldados recomeçaram a montar guarda em torno dos muros do Palácio.

• • •

No início da tarde do dia seguinte, don Filippo Arcadipane pediu audiência a dona Eleonora para informá-la de que iria, o mais depressa possível, interrogar oficialmente o padre Scipione Mezzatesta.

E como, na noite anterior, este último confessara ao protomédico e ao tenente Ramírez que a encenação do falso fantasma tinha sido pensada e desejada pelo bispo a fim de criar dificuldades para ela, era possível que durante o interrogatório, além de confirmar a confissão, o padre também admitisse que sempre havia sido o bispo o responsável por uma ação ainda mais grave, ou seja, a de comandar uma sublevação popular contra a pessoa que não só representava o poder absoluto como também era o alter ego de Sua Majestade o Rei.

Anteriormente, todos os que haviam feito o mesmo tinham sido presos e condenados à morte.

Consequentemente, ele, na qualidade de Grão-Capitão de Justiça, e respaldado pela lei, deveria, como primeira e inevitável providência, enviar imediatamente o bispo para o cárcere.

Mas isso, sem dúvida, desencadearia uma séria reação na cidade, onde a situação só se acalmara aparentemente, pois se incubava sob as cinzas.

Por conseguinte, convinha perguntar à marquesa como proceder.

A resposta de dona Eleonora foi que ele esperasse a tarde do dia seguinte, terça-feira, para interrogar o padre Mezzatesta, porque de manhã haveria a reunião do Sacro Régio Conselho. E aquela decisão devia ser longamente pensada e discutida por todos.

No meio da tarde, o padre Mezzatesta, que até aquele momento se mantivera bastante tranquilo na cela do corpo de guarda, começou de repente a gritar que desejava a presença de um sacerdote, porque precisava se confessar e, bem cedo na manhã seguinte, fazer a Comunhão.

O tenente Ramírez, quando um soldado lhe comunicou isso, ficou indeciso entre aceitar ou não o pedido do preso.

Falou sobre o assunto com o Chefe do Cerimonial, que foi informar dona Eleonora.

A qual consentiu, mas recomendou que os soldados não perdessem Mezzatesta de vista nem por um instante.

CAPÍTULO 13

Dona Eleonora e suas leis

Uma hora depois, apresentou-se ao corpo de guarda do Palácio don Valentino Puglia, que havia sido escolhido pessoalmente pelo bispo e recebera secretas e detalhadas instruções sobre como se comportar com o encarcerado.

O bispo estava seguro de que Mezzatesta lhe cobraria o preço do seu silêncio. E não se enganava.

O encontro do padre Mezzatesta com don Puglia durou mais de duas horas e por várias vezes pareceu, aos soldados que estavam de guarda do lado de fora, pelas vozes alteradas que ouviam, mais semelhante a uma briga do que a uma confissão.

Ao sair, don Puglia disse ao que comandava o grupo que voltaria na manhã seguinte, às seis, e que celebraria a missa na capela. Por isso, pouco depois das seis, o encarcerado devia ser conduzido até ali, já que iria comungar.

Don Puglia foi correndo contar ao bispo o que o padre Mezzatesta desejava em troca de não confirmar ao Capitão de Justiça a confissão feita a don Serafino e ao tenente Ramírez. Estava disposto a jurar que dissera aquelas palavras num momento de raiva, que a ideia do fantasma de mentira havia sido sua, que o bispo não só não tinha nada a ver com aquilo como também não sabia de nada. Mas tudo isso desde que...

— Em conclusão — resumiu o bispo —, Mezzatesta quer minha garantia de que receberá a pena mínima, exige cinco mil escudos agora, e depois, cumprida a pena, deseja ser nomeado pároco da igreja do Sagrado Coração, que é a mais rica da cidade, pois recebe os maiores legados. É isso?

— Exatamente — confirmou don Puglia.

— Então, diga a ele que, dessas três exigências, eu não posso aceitar duas. Ele deve se contentar apenas com os cinco mil escudos. Diga antes de lhe dar a Comunhão.

— E se ele não concordar?

O bispo baixou a cabeça, pensativo. Depois a ergueu. E, antes de falar, fitou demoradamente, olhos nos olhos, don Puglia. Que compreendeu perfeitamente aquele discurso mudo.

— Se ele não concordar, dê-lhe a Comunhão.

Quando don Puglia chegou à capela, eram seis da manhã. O padre se preparou para a missa, colocou dentro do cálice a única hóstia que ele havia trazido e fechou o tabernáculo.

Pouco depois, chegou o padre Mezzatesta, entre dois soldados.

— Esta noite eu pequei em pensamento, e preciso me confessar de novo — disse ele a don Puglia.

— Está bem — fez o outro, indo se sentar no confessionário.

O padre Mezzatesta se encaminhou para lá e se ajoelhou.

Don Puglia se debruçou do confessionário e pediu que os soldados se afastassem até o fundo da capela.

Pouco depois, os soldados escutaram as vozes enfurecidas dos dois e se alarmaram. Começaram a se aproximar, mas não chegaram a tempo.

Porque o padre Mezzatesta se levantara num salto, plantara-se diante de don Puglia e começara a surrá-lo a pontapés. Don Puglia reagiu com um forte soco, que fez a cabeça do padre Mezzatesta bater com força contra a madeira do confessionário.

E, logo em seguida, o padre Mezzatesta, com a baba escorrendo da boca, tombou desmaiado.

Quando acordou, parecia outro. Pediu perdão a don Puglia, confessou-se de novo, assistiu à missa rezando, levantou-se para receber a hóstia consagrada e voltou ao seu lugar.

No fim, deixou-se reconduzir à cela sem criar problemas, apenas disse aos soldados que sentia uma forte dor de cabeça por causa da pancada.

Meia hora depois, um guarda, olhando pela vigia, o viu estirado no chão. Abriu, entrou, tocou-o, mas não havia mais nada a fazer. O padre Scipione Mezzatesta estava morto.

Os soldados que haviam assistido à cena da capela disseram a don Serafino estar seguros de que a morte era consequência da pancada na cabeça.

Mas uma pancada na cabeça, e isto don Serafino sabia muito bem, pois era um médico mais do que competente, não provocava o inchaço do corpo e não fazia os lábios ficarem azuis.

Aquele era o sinal evidente do veneno.

Que só podia ter sido dado ao padre pela Comunhão, com a hóstia consagrada.

E até ele, que não acreditava em nada, ficou profundamente perturbado com isso.

Em contraposição, dona Eleonora, quando don Serafino foi ao escritório para contar a ela a conclusão à qual havia chegado, manteve-se totalmente fria. Ele não sossegou.

— Desculpe, senhora, talvez eu não tenha me explicado bem. O bispo mandou...

Dona Eleonora o interrompeu erguendo a mão.

— Mi querido don Serafino, he pasado toda mi juventud en convento e he tenido familiaridad con un solo hombre, mi esposo, pero sei reconhecer e avaliar a los hombres instintivamente. Y hasta ahora nunca me equivoqué. Desde o primeiro momento he considerado a Turro Mendoza un hombre capaz de terríveis atrocidades e ignomínias. Por isso esta história no me sorprende.

— Senhora, espero que se dê conta de que tem um inimigo que não hesitará em recorrer a...

Dona Eleonora levantou a mão outra vez.

— Lo sé. Y estoy pensando en cómo defenderme.

— Mas não pode perder tempo! Por que o Grão-Visitador ainda não o chamou?

— Yo he decidido de esta manera.

— Mas por quê?

— Porque Turro Mendoza es tan rico que puede pagar sem problemas el triplo do que já embolsou indevidamente. Sería sólo un poquito menos rico, pero sem perder nada de sua força e com mais sede de vingança. No, ese hombre es una serpiente y tenemos que aplastarle la cabeza.

Terminou de falar e fitou longamente don Serafino. O protomédico perdeu peso de repente, ficou leve como uma folha, começou a voar no ar.

— Não se preocupe por mí, amigo mío — disse dona Eleonora com sua voz de anjo.

— Não posso evitar — soltou don Serafino. — Porque, a senhora sabe, eu...

O belíssimo, gracioso, afuselado, macio, róseo dedo indicador de dona Eleonora dirigiu-se rápido para a boca do protomédico, a ponta pousou sobre os lábios dele.

— Silêncio! — intimou ela em voz baixa. — No cometa el error de hablar. E agora vá, necesito prepararme para o Sacro Régio Conselho. Ah, por favor: venga cenar esta noche. Y por fin: puede encontrar a don Asciolla y decirle que venga visitarme a las cuatro de la tarde?

O Sacro Régio Conselho começou pontualmente. E, por toda a sua duração, só dona Eleonora falou.

Em primeiro lugar, comunicou ao Grão-Capitão de Justiça a morte repentina do padre Scipione Mezzatesta, que, não podendo mais ser interrogado, praticamente impedia qualquer possibilidade de ação contra o bispo.

E não pronunciou uma só palavra sobre os fatos ocorridos no domingo e durante a noite seguinte.

Em contraposição, informou que desejava propor uma lei muito importante, a qual, se aprovada, passaria a valer já no outro dia. Considerando que tanto o Grão-Tesoureiro quanto o Grão-Mestre do Fisco haviam lhe comunicado um forte aumento da receita recebida ou a receber, sobretudo depois das expropriações e dos confiscos feitos aos ex-Conselheiros, tinha decidido suspender a taxa que onerava o trigo destinado à panificação.

Se a proposta fosse aceita, vinha a significar que a partir do dia seguinte, em toda a Sicília, o pão custaria quase metade do que custava. Seriam beneficiadas as famílias numerosas e as centenas e centenas de pobrezinhos aos quais a esmola não bastava para comprar pão. Os catapani, isto é, os fiscais dos mercados, deviam vigiar se os padeiros estavam aplicando o preço reduzido.

Os Conselheiros concordavam?

Os Conselheiros ficaram entusiasmados.

Então dona Eleonora pediu ao protonotário e ao secretário que escrevessem imediatamente a lei, que ela assinaria em seguida, a fim de que já na manhã seguinte, bem cedo, os arautos a divulgassem amplamente.

Logo depois, disse ter a firme intenção de criar dois Conservatórios destinados a acolher as mulheres de Palermo que se encontravam em péssimas condições de vida.

O primeiro seria instalado no ex-Conservatório do Spedaletto, que outrora abrigava os doentes pobres e que estava fechado havia três anos. Ali seriam recebidas as virgens periclitantes, ou seja, "as jovens que, obrigadas pela pobreza e desprovidas de genitores, perambulavam à noite pela cidade e dormiam nos espaços públicos". Antes de serem admitidas no Conservatório, essas moças deviam se submeter ao exame da parteira Sidora Bonifacio para conferir se ainda eram virgens e se não tinham recebido ofensa em outra parte do corpo. No entanto, seriam também aceitas, embora separadas das primeiras, as virgens periclitadas, ou seja, que haviam recebido ofensa em qualquer parte do corpo, mas contra a própria vontade.

O segundo Conservatório, chamado "das Madalenas Arrependidas", seria localizado no ex-convento das Filhas de Nossa Senhora e hospedaria mulheres da rua ou expulsas dos prostíbulos porque, com a idade avançada, já não conseguiam clientes, e por isso morriam ao deus-dará, de fome e privações.

Esses dois Conservatórios onerariam só pela metade as finanças do Reino, na medida em que a outra metade seria constituída por vinte mil escudos retirados da pensão de vinte e cinco mil escudos que era a regalia proporcionada pela Sicília a cada novo Vice-Rei, recebida por don Angel e da qual nada havia sido gasto. Para as despesas pessoais da marquesa, bastaria o apanágio mensal que ela recebia.

Os restantes cinco mil escudos da pensão seriam divididos em cem partes de cinquenta escudos cada uma, e constituiriam um fundo que devia servir como dote matrimonial para cem moças que, embora tivessem pai e mãe, eram de família pobre. Essa doação se chamaria "Dote Régio".

Os Conselheiros se espantaram. Nunca houvera um caso de Vice-Rei que tivesse renunciado à rica pensão. E a Vice-Rainha não só renunciava a ela como a destinava a uma grande obra beneficente.

"Turro Mendoza diz que esta mulher é o diabo", pensou o bispo de Patti, "mas, se os diabos forem assim, estou disposto a queimar no inferno".

Esses dois Conservatórios, continuou dona Eleonora, assim como o Dote Régio, ficariam sob a responsabilidade do Juiz da Monarquia. O qual deveria cuidar do recrutamento do pessoal e do andamento cotidiano, além de preparar a proclamação do dote concedido às jovens pobres. Os Conselheiros tinham algo a opor?

Os Conselheiros não tinham nada a opor.

Para concluir, dona Eleonora disse que desejava dar uma simples informação aos Conselheiros. Tinha recebido um pedido de graça por parte do marquês Simone Trecca, que havia sido condenado à morte. Ele implorava a transformação da pena capital em prisão perpétua.

Ela havia negado a graça sem a mínima hesitação, e até recomendara ao alcaide que o marquês fosse justiçado por último, depois de assistir à execução dos dois assassinos que agiam a mando dele.

Transmitiu a informação com a costumeira voz de anjo e sem inflexões especiais, só que nenhum dos presentes pôde fitá-la nos olhos, nos quais as chamas ardiam mais negras do que nunca.

A sessão foi encerrada e reconvocada para a sexta-feira vindoura.

Antes de sair, dona Eleonora perguntou a don Benedetto Arosio, o bispo de Patti, se às quatro da tarde ele podia vir vê-la. O bispo se colocou à disposição.

A primeira pergunta que dona Eleonora dirigiu tanto a don Benedetto quanto ao padre Asciolla foi se todos os sacerdotes de Palermo haviam participado da procissão contra ela. Don Benedetto respondeu que cinco sacerdotes o tinham procurado para dizer que haviam alegado doença para não comparecer. O padre Asciolla, por sua vez, disse que conhecia sete que haviam desobedecido às ordens do bispo.

— Somam doze, como os Apóstolos — comentou don Benedetto.

Então dona Eleonora lhes explicou que precisava conversar com esses padres, que eram os únicos com os quais se podia contar, para que apontassem logo ao encarregado do Juiz da Monarquia todas as jovens ou as velhas prostitutas que eles viam abandonadas pela rua e que sobreviviam pedindo esmola. Ela queria que no máximo em uma semana os dois Conservatórios começassem a funcionar.

Naturalmente, tudo devia ser feito sem que Turro Mendoza viesse a saber.

Pouco depois, don Benedetto pediu licença para ir embora. Tendo ficado sozinha com o padre Asciolla, dona Eleonora lhe disse:

— Esta misma noche, vuelva a su apartamento de la Capela.

— Mas o bispo...

— No creo que, por ahora, osará oponerse à volta do senhor como capelão do Palácio.

— Estou às suas ordens.

— Bueno. Una última cosa: Usted sabe cuántos niños forman parte do coro das vozes angelicais da Catedral?

— Sei, sim. São vinte.

— Y sabe si nos últimos dias unos niños fueron afastados do coro?

O padre Asciolla olhou para ela, perplexo.

— Como a senhora soube?

— Então, houve um afastamento.

— Sim. Contaram-me no bispado.

— Mas o afastamento de un niño do coro no me parece un tema tan importante para se falar no bispado.

O padre Asciolla pareceu um tantinho embaraçado.

— É verdade. Mas esse *picciliddro*, desculpe, este menino, era o mais bonito de todos e dotado da melhor voz, e por isso...

— Só por isso?

O padre Asciolla ficou ainda mais embaraçado.

— Fale.

— Desculpe, senhora, mas não me agrada nem um pouco relatar maledicências, insinuações...

— Es una orden.

O padre Asciolla engoliu em seco duas vezes antes de abrir a boca.

— Parece que o pai do menino... teve uma discussão violenta com o bispo e que este, aos berros, mandou don Puglia expulsá-lo com violência.

— Usted sabe la razón de esta discusión?

— Não.

Ao dizer aquele não, porém, o padre Asciolla baixou os olhos. E dona Eleonora compreendeu que aquele "não" era um "sim", mas que o padre, por natureza, era verdadeiramente incapaz de malignidade.

— Usted sabe por lo menos quem é o pai?

O padre Asciolla hesitou um pouco, mas respondeu.

— O menino é filho de Mariano Bonifati e se chama Cenzino. Bonifati é o mais importante comerciante de azeite da cidade, é um benfeitor da Catedral, e sua mulher é a chefe das devotas do bispo.

— Muchas gracias. Y le recomiendo: até esta noite, vuelva a su apartamento.

· · ·

À noite, quando estavam jantando somente eles dois, dona Eleonora perguntou a don Serafino se por acaso ele conhecia um certo Mariano Bonifati.

— O comerciante de azeite? Sim.
— Tem relações de amizade com ele?
— Não. Nós nos conhecemos de vista. Mas por que...

Dona Eleonora pareceu não ter escutado o início da pergunta.

— Conhece alguém da família? Que sé, la esposa, um irmão, uma irmã...
— Não. Mas...
— Mas?
— O médico que cuida de toda a família é um discípulo meu. Antonio Virgadamo. Ele pode lhe ser útil?
— Claro que sí.
— Diga-me o que quer dele e...
— Depois — cortou dona Eleonora.

Mas don Serafino continuou.

— Porém devo avisá-la. Se a senhora quiser saber do meu discípulo Virgadamo algo relativo ao seu trabalho como médico da família Bonifati, será inútil perguntar. Ele não responderia, é um jovem de alta consciência profissional.
— Entiendo — fez dona Eleonora.

E mudou de assunto.

Mais tarde, no escritório, don Serafino, ansioso por ser útil à marquesa, retomou o assunto.

— Por que a senhora me perguntou sobre Bonifati?

Dona Eleonora deu de ombros.

— Suplico-lhe que me responda.
— Es inútil hablarlo de nuevo.
— Por quê?

— Porque no creo que Usted, por lo que me disse, esteja em condições de poderme ayudar.

Ajudá-la?!

Então a coisa mudava de figura.

— Insisto em que a senhora me diga do que se trata — fez don Serafino.

— Si le digo que Usted no es la persona adequada, deve acreditar — retrucou, dura, dona Eleonora.

Don Serafino se ajoelhou e tomou nas mãos uma aba das vestes dela.

— Eu lhe imploro.

Dona Eleonora cedeu.

— Levántese y siéntese.

Don Serafino obedeceu. A marquesa foi até a escrivaninha, pegou um papel e se sentou diante dele.

— Este es un mensaje para mí, que esta mañana ao alvorecer fué deixado por un desconocido com o chefe da guarda. Não tem assinatura. Está escrito em siciliano e me fué complicado entenderlo. Léalo y olvídelo.

Passou o papel a ele. Don Serafino o pegou e o leu.

Facitivi diri chiddro che quel porcu do viscovu avi cumminato supra a un poviro picciliddro del coro di la Catidrali che si acchiama Cinzino. Ci fici tanto mali che il patre dovitti fari viniri a lu medicu che ci desi i punti.

Possibbili che 'sto grannissimo maiali continua a fari danno ai picciliddri? Ci pinsassi vossia.*

À medida que lia, don Serafino ia ficando pálido como um cadáver. Devolveu o bilhete à marquesa sem conseguir dizer uma só palavra. Estava sufocado pela indignação.

---

* "Procure saber o que aquele porco do bispo fez com um pobre menininho do coro da Catedral, chamado Cenzino. Machucou-o tanto que o pai teve que chamar o médico para dar pontos. Será possível que este tremendo suíno continue a fazer mal às criancinhas? Convém Vossenhoria pensar nisso." (N.T.)

— Que lástima! — disse dona Eleonora. -- Se podía aniquilar a Turro Mendoza para siempre.
— Então, não eram maledicências! — murmurou don Serafino.
— Parece que no.
— Mas como a senhora conseguiu saber como se chama o pai desse pobre menino?
— Eu me informei.
A quem a marquesa teria pedido a informação? Don Serafino se respondeu antes mesmo de se fazer a pergunta. Padre Asciolla. Por isso ela mandara chamá-lo. E, se o padre Asciolla a ajudara, ele iria se omitir?
— Peço licença para me ausentar — disse, levantando-se de chofre.
— Pode ir. Pero volverá más tarde?
— Sim. Se a senhora não tiver nada em contrário.
— Ficarei acordada toda la noche, si es necesario.
— Entrarei pela portinha secreta.
— Perfecto. Le diré a Estrella que o espere.

Don Serafino voltou duas horas depois.
— Conversei com Virgadamo. E sabe de uma coisa? Ele também estava me procurando.
— Quería hablarle del niño?
— Sim. Desejava uma opinião minha a respeito. Queria saber se devia ou denunciar o bispo. Virgadamo afirma que um abuso tão horrendo contra uma criança o isenta do sigilo profissional. Eu concordei com ele. Ah, Virgadamo está convencido de que quem escreveu a carta para a senhora foi o pai. Não a assinou por medo de represá-lias por parte do bispo.
— O que ele pretende fazer?
— Ir falar amanhã com o Grão-Capitão de Justiça e fazer a acusação. Eu, enquanto isso, irei ver Bonifati e tentarei convencê-lo a se associar a essa denúncia.
— Acha que vai conseguir convencerlo?
— Não sei, mas vale a pena tentar.

CAPÍTULO 14

As coisas ficam bem complicadas para o bispo

Naquela manhã, o bispo Turro Mendoza, quando ouviu novamente os tambores e as vozes dos arautos, ficou inquieto.

Na última vez, à passagem deles, quando os palermitanos haviam tomado conhecimento da nova lei sobre as mestranças, metade da população se entusiasmara imediatamente com dona Eleonora.

E agora, o que aquela maldita mulher teria inventado para atrair o apoio de homens e mulheres de igreja, ou os que até aquele momento haviam permanecido indiferentes?

Preocupado, ordenou a don Puglia que descesse à rua, escutasse tudo e voltasse para lhe contar.

A notícia de que o preço do pão caíra quase pela metade foi para ele uma verdadeira pancada.

De agora em diante, seria difícil convencer os carolas de que fazer o pão custar muito mais barato era obra do diabo.

Seguramente ele já não poderia contar com mais de três mil pessoas, e sim com umas duas centenas, no máximo.

Portanto, convinha mudar de estratégia, deixar de lado a história de que dona Eleonora não queria sepultar o marido e encontrar alguma coisa completamente diferente e potencialmente mortal. Mas não lhe ocorria nenhuma ideia.

O médico Virgadamo, como havia prometido, pediu audiência ao Grão-Capitão de Justiça, reforçando a solicitação com um bilhetinho do protomédico, o qual rogava a don Filippo Arcadipane que atendesse ao seu colega o mais depressa possível, porque Virgadamo precisava lhe comunicar um fato grave.

E don Filippo, que estava bastante ocupado, recebeu-o logo, fazendo-o esperar apenas meia hora na antecâmara.

— Em que posso lhe ser útil?

— Venho denunciar um grave abuso contra um menino de apenas seis anos, cometido por...

Don Filippo o interrompeu.

— O senhor é o pai?

— Não.

— Faz parte da família do menino?

— Não.

O Grão-Capitão pensou um pouco.

— Como se chama o pai do menino?

— Mariano Bonifati.

— É o mesmo que comercia com azeite?

— Sim.

— A que título o senhor veio fazer esta denúncia?

— Eu sou o médico chamado pelo pai para tratar da laceração relatada pela criança.

— Foi autorizado pelo pai a vir falar comigo?

— Não.

— Então, por que veio?

— Porque considero ser meu dever a...

— E por que o pai não considerou que fazer a denúncia era dever dele mesmo?

— Porque tem medo.

— Compreendo. Portanto, o senhor está me dizendo indiretamente que quem abusou do menino é um homem poderoso?

Virgadamo era um rapaz inteligente e havia compreendido como funcionava a cabeça do Grão-Capitão. Por isso, limitou-se a responder:

— Sim, é um homem poderoso.

— Tem certeza?

— De quê?

— De que foi esse homem poderoso que abusou do menino. Reformulando a pergunta: quem lhe disse que o autor do abuso foi um homem poderoso?

— O pai.

— E o menino confirmou?

— Diante de mim ele não falou, só chorava.

— Então eu lhe pergunto: não é possível que o culpado seja o pai, ou algum outro membro da família, e que o homem poderoso não exista, seja uma pessoa inventada, para lançar a culpa fora das paredes domésticas?

— Excluo essa hipótese da maneira mais absoluta.

— Baseado em quê?

— Na dor e na raiva do pai, quando me falou do acontecido. Estava realmente transtornado.

— Não me basta.

— Como assim?

— Não posso acolher sua denúncia. O senhor poderá ser a principal testemunha de acusação, mas a denúncia, por lei, deve ser feita por algum dos familiares. E, num caso como este, o senhor compreenderá que nos atermos rigorosamente à lei é não só um dever, mas também uma atitude prudente. Lamento.

Don Serafino compareceu ao Palácio desiludido e amargurado.

— Não consegui convencer Bonifati. Está muito amedrontado. Tenho certeza de que foi ele quem escreveu a carta anônima porque deseja ver o bispo na cadeia, mas não pretende se expor. Contou-me que, poucas horas depois da altercação com o bispo por causa da violência cometida contra seu filho, apresentou-se na casa dele um padre, um tal de don Puglia, que o ameaçou explicitamente de morte, se ele desse queixa.

— El médico su discípulo falou com o Grão-Capitão? — perguntou dona Eleonora.

— Sim. E me contou como foi. Infelizmente, o Grão-Capitão não pôde aceitar a denúncia.
— Y por qué?
— Tem de ser feita por um familiar.
Os dois ficaram calados um tempinho.
Depois dona Eleonora pegou a carta anônima, leu-a e pousou-a sobre a escrivaninha.
— Bonifati escribe que houve outros casos — disse.
— Faz tempo que se fala disso na cidade — contou don Serafino. — Mas até agora tudo havia permanecido como maledicências, insinuações... nada de concreto.
— Faça-me um favor. Bajate a la capela e, se o padre Asciolla está libre, retorne com ele.
Dez minutos depois, o padre Asciolla estava diante da marquesa.
— Padre — começou, dura, dona Eleonora —, tengo la prueba de que el bispo ha realmente cometido ese execrable acto contra el niño del que hablamos.
O padre Asciolla ficou branco.
— Que infâmia! — murmurou. — Que vergonha para a Igreja!
Brotaram lágrimas em seus olhos.
— Escuche, por favor. Ahora yo le pongo una pregunta y Usted tiene la obligación de responderme.
— Às ordens.
— Usted sabe si anteriormente ya se ha hablado de casos del mismo tipo?
— Sim.
— Houve algún otro afastamento de niños del coro?
— Sim.
— El último cuando fue?
— Três meses atrás.
— Conhece el nombre del niño?
— Sim.
— Dígame.

O padre Asciolla transpirava todo.

— Carlino Giaraffa.

— Um momento — interveio don Serafino. — O senhor está falando do filho mais novo de Stefano Giaraffa?

— Sim.

— Usted lo conoce? — perguntou a marquesa a don Serafino.

— Conheço muito bem.

— Muchas gracias. Puede irse — disse dona Eleonora ao padre.

Mal o padre Asciolla saiu, a marquesa perguntou ao protomédico se ele podia ir falar imediatamente com Giaraffa. Don Serafino torceu a boca.

— Há um problema. Giaraffa, que era o administrador dos bens civis da Igreja palermitana, demitiu-se sem dar explicações e se transferiu para Catânia com a família.

— Sabe donde vive?

— Em Catânia? Não. Mas posso perguntar à irmã dele, que continua morando aqui porque é casada com...

— Puede marcharse ahora mismo?

Dona Eleonora nem tinha terminado de fazer o pedido e don Serafino já estava fora da porta.

Consolata Giaraffa, casada com don Martino Giampileri, estimado notário da cidade, era muito grata a don Serafino porque, anos antes, este lhe salvara a filha de uma doença da qual ninguém entendia nada. Era uma mulher de coração aberto, que dizia o que pensava.

— Preciso saber o endereço de seu irmão Stefano em Catânia. Devo procurá-lo.

Consolata se preocupou.

— Algum problema?

— Não. Quero só falar com ele — respondeu don Serafino, querendo aparentar que não era nada importante.

Mas Consolata não era mulher de desistir facilmente.

— Eu sei tudo sobre meu irmão. Se o senhor falar comigo, talvez possa se poupar dessa viagem.

Por que não?

— Pode me contar as razões pelas quais ele se demitiu e foi embora de Palermo?

— Não se entendia mais com o bispo Turro Mendoza.

— E antes se entendia?

— Sem dúvida!

— Antes de quê?

Consolata não respondeu, mas ficou ruborizada. Estava claro que o assunto lhe causava dor e raiva.

— Vou ajudá-la — disse don Serafino. — Antes que ele expulsasse Carlino do coro?

Consolata explodiu.

— Então o senhor sabe! Aquele bispo imundo pegou Carlino uma tarde, levou-o para seu escritório e fez suas porcarias nojentas com ele. De noite o menino começou a chorar e gemer e contou tudo à mãe. Na manhã seguinte, meu irmão foi denunciar o bispo.

Don Serafino ficou pasmo.

— É mesmo?!

— Sim senhor!

— A quem ele foi fazer a denúncia?

— Ao Grão-Capitão de Justiça da época, o príncipe de Ficarazzi, o qual prometeu que falaria do assunto no Sacro Régio Conselho.

— Sabe dizer se ele falou mesmo?

— Falou, sim, na sessão de vinte de maio. Depois chamou meu irmão e disse que era necessário ter outras provas e que ele mesmo cuidaria disso.

— E como acabou tudo?

— Acabou que no dia seguinte um padre, chamado Scipione Mezzatesta, foi procurar Stefano e disse que era melhor ele mudar de ares. Meu irmão o expulsou de sua casa. Três dias depois, seu filho mais velho, de onze anos, estava brincando na rua com três amigos quando dois homens o agarraram e meteram numa carroça. O garoto desapareceu até à noite. Quando voltou, contou que os homens o levaram para uma casa de campo, lhe deram uma surra de tirar sangue e, quando escureceu, retornaram com ele a Palermo, mandando que dissesse ao pai que este devia mudar de ares no máximo dentro de uma semana. Então meu irmão foi morar em Catânia. E agora o que está acontecendo? Alguma novidade?

— Sim. E, desta vez, espero poder foder definitivamente esse Turro Mendoza.

— O Senhor vai ajudá-lo.

Dona Eleonora não perdeu tempo. Tinha acabado de comer com don Serafino quando o secretário lhe entregou o livro no qual escrevia as atas das sessões e se retirou.

Na sessão de vinte de maio encontraram o que procuravam.

O Grão-Capitão de Justiça, desculpando-se com Sua Excelência Reverendíssima o Bispo Turro Mendoza por aquilo que seu cargo o obrigava a dizer, trouxe ao conhecimento das Excelências senhores Conselheiros que Stefano Giaraffa denunciou Sua Excelência o Bispo Turro Mendoza por haver cometido nefando crime contra um seu filho dele denominado Carlino, de seis anos e meio.

Sua Excelência o Bispo, mal escutou essas palavras, pediu humildemente à Magnífica Excelência do Vice-Rei autorização para se ausentar do prosseguimento do Conselho, de tal modo que este pudesse continuar sem o impacto de sua presença.

Obtido o assentimento e tendo saído S. E. o Bispo, o Grão-Capitão perguntou à Magnífica Excelência do Vice-Rei se a dita questão, relativa ao mais alto representante da Igreja no Reino da Sicília, em vez de ser discutida por todo o Conselho não deveria caber exclusiva e diretamente à pessoa do Vice-Rei, sendo Ele o Legado Nato do Papa e por conseguinte o único ao qual S. E. o Bispo deve obediência e submissão sem que a isso esteja obrigado pelo rigor da Lei.

A Magnífica Excelência do Vice-Rei respondeu que, havendo-lhe a Majestade do Rei Carlos recomendado sumamente fazer uso assaz discreto da Legação Apostólica e, melhor ainda, não fazer dela uso algum, tratando-se de uma vexata quaestio *que podia trazer algum atrito entre Reino e Papado, não lhe parecia portanto oportuno exercer aquele seu direito no momento.*

O Grão-Capitão de Justiça trouxe então ao conhecimento do Conselho que Ele, dada a gravidade da denúncia, havia-se movido sem perda de tempo para descobrir a verdade.

E havia sabido que, quinze dias antes da presente denúncia, o pai do menino, Stefano Giaraffa, administrador dos bens civis da Igreja palermitana, havia sido demitido por S. E. o Bispo por malversação e apropriação de dinheiro e era objeto de respectiva denúncia. Denúncia que o Grão-Capitão havia encontrado entre os papéis de um oficial seu. Dois escrivães que trabalhavam com Giaraffa declararam outrossim, sob juramento, que, ao saber da demissão, Giaraffa havia proferido obscuras ameaças contra S. E. Turro Mendoza.

Considerados os ditos resultados, o Grão-Capitão propôs não dar curso à denúncia e processar por suma calúnia o mesmo Giaraffa.

O Vice-Rei se disse de igual parecer. E assim todo o Conselho.

Tendo S. E. Turro Mendoza entrado de volta e sabido da decisão à qual o Conselho chegara, suplicou à Magnificência do Vice-Rei que repelisse a denúncia de Giaraffa de tal modo que de tal infâmia em pouco tempo as pessoas se esquecessem e não lançassem mais lenha para alimentar o fogo das maledicências contra ele, as quais já corriam em demasia.

A Magnificência do Vice-Rei consentiu.

— Fica claro — comentou don Serafino — que o Grão-Capitão e o bispo haviam combinado tudo antes do Conselho. Fizeram um pouco de teatro. Assim como está claro que a denúncia de malversação é falsa e convenientemente retrodatada. E que os dois escrivães foram ameaçados ou comprados.

Dona Eleonora se manteve em silêncio.

Tão demorado que a certa altura o protomédico, reunindo toda a sua coragem, se atreveu a perguntar:

— Em que pensa, Senhora?

— Estoy pensando que, cuando Sua Majestade o Rei recomendou a mi esposo de no servirse de su qualidade de Legado Nato do Papa, yo no estaba presente, entonces podría ignorar a recomendação. No hay nada de escrito. Qué le parece?

— Pretende valer-se disso?! — assombrou-se don Serafino.

— Esta situación lhe dá medo?

— Bastante, perdoe a franqueza.

— Por qué?

— Porque, sempre que um Vice-Rei agiu como Legado Nato do Papa, teve o apoio do Rei, sim, mas boa parte da Igreja siciliana se rebelou.

— Lo sé. Sólo como *extrema ratio* — disse a marquesa — eu poderia usar mi autoridad de Legado Pontifício e privar o bispo de todos os poderes. Já poderia ter feito isso, porque ele insuflou a população contra mim, e eu represento a pessoa do Papa.

— E por que não o fez?

— Porque mesmo assim ele ficaria livre para continuar com suas horríveis maldades contra os meninos. E eu quero evitar isso. Quero que ele morra na prisão.

Voltou a manter silêncio. Depois disse:

— Amanhã de manhã ordenaré que vengam a Palacio por las nueve el Gran Capitano de Justicia y el Juiz da Monarquia. Venga Usted también, mesmo que não participe da reunião. Fico mais segura se o senhor estiver perto. Enquanto isso, peço que ahora mismo vuelva a visitar esa mujer para que lhe diga donde vive su hermano en Catania. Quiero verlo. Debe saber que le será feita justicia.

Na manhã seguinte, ainda cedo, quando don Serafino ainda não tinha saído de casa, apresentou-se o doutor Virgadamo, bastante preocupado.

— O que houve?

— Fui à casa de Mariano Bonifati para ver como estava Cenzino, mas não encontrei ninguém. Porta e janelas trancadas, os vizinhos não sabiam nada. Então fui à loja de azeite. Encontrei os dez empregados diante do portão fechado, sem saber o que fazer. Não puderam entrar para trabalhar. E não tinham notícias de Bonifati.

Don Serafino suou frio.

Um terrível pensamento lhe atravessou o cérebro.

E se aquele desaparecimento fosse obra do bispo? Este podia ter sabido de sua visita para convencer Bonifati a fazer a denúncia, e, para se assegurar por completo, podia tê-lo feito sumir com toda a família.

— O que podemos fazer? — perguntou Virgadamo.

— Não podemos fazer nada — respondeu o protomédico, rangendo os dentes. — Apenas esperar revê-los vivos.

O que o enfurecia mais do que tudo e o fazia quase perder a cabeça era sua impotência diante dos fatos.

Por isso chegou mais cedo ao Palácio, a fim de relatar a dona Eleonora o que Virgadamo lhe contara.

A marquesa não fez comentários, mas de repente sua tez perdeu o brilho.

E de fato foi esse o primeiro assunto do qual falou com o Grão-Capitão de Justiça.

Don Filippo Arcadipane pediu à marquesa que retardasse a reunião e mandou chamar Aurelio Torregrossa, que era o melhor dos seus homens, um esbirro nascido e crescido em Palermo que conhecia a cidade e os arredores como a própria pele, encarregando-o de procurar imediatamente Mariano Bonifati e sua família.

E finalmente a porta do escritório pôde ser fechada e a reunião começou.

A marquesa só teve tempo de dizer três palavras:

— Agradeço aos senhores...

E precisou se interromper porque estavam batendo. E até com certa força.

— Entre! — disse dona Eleonora, um pouco aborrecida.

A porta se abriu e Aurelio Torregrossa entrou.

Parecia confuso e indeciso.

— Peço perdão, mas não sei como...

— Vamos, fale logo — retrucou don Filippo.

— Hoje de manhã cedo dois guardas foram agredidos sem nenhum motivo por um homem armado de bastão que...

— Não entendo por que o senhor está aqui perdendo tempo, e nos fazendo perder também, para contar essa história, quando eu tinha lhe ordenado que... — interrompeu don Filippo, irritado.

— Peço-lhe que me deixe terminar. O homem foi preso, mas começou a gritar que queria falar com o protomédico. Tentaram de tudo para acalmá-lo, mas não conseguiram. Então ele disse que desejava falar com o senhor, Grão-Capitão. Diz que é uma questão de vida ou morte. Sabendo de sua presença aqui, meus homens o trouxeram ao Palácio. Eu o vi, não me pareceu um louco.

— Disse como se chama?

— Só quer dizer em sua presença.

— Perdoe-me, senhora — fez don Filippo, levantando-se. — Vou ouvir o que ele quer e...

— Não, espere — pediu dona Eleonora, que afinal era uma mulher e, como tal, curiosa. — Quiero escucharlo também yo.

Torregrossa saiu e voltou segurando pelo braço um homem de meia-idade, com as roupas rasgadas, o rosto inchado pelas pancadas recebidas, um supercílio ferido, do qual escorria sangue.

Evidentemente, estava incapaz de falar se não se recuperasse um pouco. Dona Eleonora o fez se sentar e mandou trazer-lhe água para beber.

— Como se chama? — perguntou o Grão-Capitão.

— Mariano Bonifati — respondeu o homem.

A primeira a se recuperar do espanto geral foi dona Eleonora.

CAPÍTULO 15

Turro Mendoza contra-ataca

— El protomédico está aquí — disse a marquesa, com voz branda. — Quiere hablar en su presencia?

— Sim.

Don Serafino, que havia sido mandado por dona Eleonora para o aposento vizinho, foi chamado. Assim que viu Bonifati, sua expressão ficou sorridente.

— Se eu estou aqui, devo ao senhor — disse Bonifati, dirigindo-se ao protomédico. — O senhor me chamou de covarde porque eu tinha medo de fazer a denúncia. E a partir daquele momento, não dormi mais. Então, esta noite peguei minha família e fui deixá-la em lugar seguro. Ataquei os dois guardas para ser preso. Imaginei que a entrada do corpo de guarda, se eu fosse fazer a denúncia, podia estar sendo vigiada pelos homens do bispo. Com os guardas, estou empatado. Eu bati neles e eles em mim. E agora estou aqui, à sua disposição.

— Está pronto a denunciar o bispo Turro Mendoza pelo nefando crime cometido contra seu filho, e a confirmar tudo no tribunal? — perguntou o protomédico.

— Sim.

O Grão-Capitão se levantou e chamou Torregrossa.

— Com a permissão da Vice-Rainha, leve o senhor Bonifati ao meu gabinete e registre a denúncia. Depois tome providências para que ele receba cuidados e alojamento em nossas próprias instalações. Dada a situação de perigo na qual o senhor Bonifati se encontrará após ter feito a denúncia, considerarei o senhor pessoalmente responsável por qualquer tentativa de fazerem mal a ele e por qualquer coisa que venha a acontecer com sua família.

Dona Eleonora interveio.

— Por lo que se refiere a la familia, tengo una idea mejor. Señor Bonifati, diga ao señor Torregrossa donde la habéis escondido. Que sea acompañada aquí, protegida pelos guardas. Quiero que sea hospedada no Palácio, hasta que el bispo esté cerrado en un lugar seguro.

A reunião durou uma hora. O Juiz da Monarquia foi da mesma opinião de dona Eleonora, a saber, que não se devia lançar mão da Legação Apostólica. A coisa devia ser resolvida por julgamento comum.

Por isso, a acusação seria feita pelo Grão-Capitão de Justiça.

O qual disse que nesse caso convinha considerar que o nefando crime previa a prisão imediata do réu, assim que houvesse uma certa quantidade de provas.

Ora, eles tinham ali a prova máxima, o depoimento do médico que havia tratado do menino.

Devia proceder à prisão?

Dona Eleonora respondeu que, em sua opinião, era melhor esperar até acontecer a segunda denúncia, a de Giaraffa. E, como nem o Grão-Capitão nem o Juiz da Monarquia sabiam nada dessa história, contou tudo a eles.

Todos concordaram.

Naquele mesmo dia, mas já bem tarde, Turro Mendoza recebeu uma visita pela qual não esperava em absoluto.

A de don Severino Lomascio, ex-Juiz da Monarquia.

O bispo, embora não lhe dissesse isso, espantou-se bastante ao vê-lo tão mal-ajambrado, desmazelado, a camisa rasgada. Só mesmo os olhos de raposa eram os de sempre.

— Achei que o senhor ainda estava preso — comentou o bispo.

— Anteontem, don Esteban me soltou — disse don Severino. — E eu, que antes só precisava escolher, ao sair da prisão não tinha para onde ir.

— Por quê?

— Porque don Esteban mandou confiscar meus dois palácios de Palermo e o castelo de Roccalumera.

— E sua família?

— Minha mulher foi com as duas filhas para a casa da irmã em Girgenti e não quer mais me ver. Por sorte, um velho servo me deu um leito e um prato de minestra.

O bispo se alarmou.

Será que don Severino, reduzido à miséria, tinha vindo lhe pedir dinheiro?

— Posso lhe ser útil em alguma coisa? — perguntou, cauteloso.

Tinha forçosamente de fazer essa pergunta. Aliviado, viu que don Severino fazia sinal de não com a cabeça:

— *Arriversa.*

O bispo ficou atarantado.

— O que significa *arriversa*?

— Não sabe? *Arriversa* significa "ao contrário".

— Mas ao contrário de quê?

— Não é o senhor, mas sou eu que posso lhe ser útil em alguma coisa. E pode acreditar que é isto mesmo.

— Não entendi — fez o bispo.

— Eu explico. Esta noite, quando estava indo para a casa do meu servo, encontrei um escrivão do gabinete do Juiz da Monarquia, um bom homem, a quem fiz um favor enorme quando ainda exercia esse cargo, e que me ficou agradecido. E esse escrivão me revelou, em grande sigilo, uma coisa muito importante, uma coisa que o senhor ignora, mas que lhe interessa diretamente e representa um perigo terrível. Então, achei conveniente me desviar do caminho e vir lhe contar.

— Conte.

Don Severino bocejou, fungou, olhou a ponta dos sapatos e não respondeu.

— E então? — insistiu o bispo.

— Vale ouro — disse don Severino.

— Se vale ouro ou não, eu decido depois que o senhor me disser do que se trata — rebateu o bispo.

— Paga-se antes e depois — disse don Severino.

O que significava antes e depois?

— O senhor quer metade do dinheiro antes e a outra metade depois de me dar a informação?

— Não. Quero ser pago antes pela informação, e depois duas vezes o mesmo valor para lhe dizer como se safar.

— Está brincando?

— Não.

— E quanto vale a informação?

Don Severino fechou os olhos. Depois os abriu e deu o bote.

— Três mil escudos, considerando que somos amigos.

Turro Mendoza deu um salto na poltrona.

— Enlouqueceu?

— Quer dizer que a resposta é não?

— Claro que é não.

— Então, passe bem — fez don Severino, levantando-se e se encaminhando para a porta.

Mas, antes de sair, parou, virou-se e perguntou:

— O nome Bonifati lhe diz alguma coisa?

— Volte aqui! — fez o bispo.

Queria gritar, mas a voz que lhe saiu foi a de um galináceo cujo pescoço estivesse sendo torcido.

Don Severino, com um sorrisinho, sentou-se de novo.

Mas o bispo já estava arrependido por não ter sabido manter a calma. Fez uma cara indiferente.

— Falam tanta coisa sobre mim... — disse.

— Esta é documentada.

— Ou seja?

— Ou seja, primeiro quero três mil escudos aqui na minha frente.

— O senhor quer me desapossar.

— Melhor do que não possuir mais nada, como eu.

— Façamos por dois mil.
— Se é assim, os escudos passam a ser três mil e quinhentos. E podem aumentar até quatro mil.
— Está bem, está bem.
O bispo ficou pensando um pouquinho. Depois se levantou.
— Espere aqui. É coisa demorada.
— Eu tenho toda a paciência que o senhor quiser.

Turro Mendoza voltou depois de três quartos de hora. Atrás dele vinha don Puglia, carregando três saquinhos cheios a ponto de explodir e bastante pesados. Pousou-os sobre a escrivaninha e saiu, fechando a porta.

Don Severino desatou o cordão que os fechava, abriu um por um, olhou dentro e fechou-os de volta.

— Antes de mais nada, quero lhe dar uma informação grátis. Não é verdade que, depois de encontrar meu amigo escrivão, eu vim diretamente para cá. Fui até a casa do meu ex-servo e deixei com ele um bilhete. No qual está escrito que vim até aqui para lhe falar de Bonifati. Se eu não voltar ainda hoje, ele mandará o bilhete para o Grão-Capitão. Estamos entendidos?

O bispo se convenceu imediatamente de que o outro estava lhe pregando uma mentira, não tinha escrito nada, queria apenas se garantir. Fingiu acreditar.

— Perfeitamente — respondeu. — Agora, fale.
— Bonifati o denunciou pelo estrago que o senhor fez no filho dele.

O bispo quase teve um faniquito. Tentou se levantar, mas caiu de volta na poltrona movendo os braços no ar, como se quisesse se agarrar em alguma coisa que não existia.

— Ele me denunciou?!
— E não só. Eles têm provas. Ainda não o prenderam porque dona Eleonora quer que Giaraffa, cuja denúncia feita anteriormente, pelo mesmo motivo, não foi aceita por nós no Conselho, como o senhor deve estar lembrado, volte a Palermo para fazê-la de novo. A essa altura, com

duas denúncias comprovadas, egrégio amigo, o senhor estará fodido de uma vez por todas.

Turro Mendoza ofegava, olhos arregalados, o suor lhe pingava da testa. Um ligeiro tremor o sacudia todo, um fio de baba lhe escorria pelo canto da boca. Não conseguia falar. Acenou com a mão para don Severino esperar um momento.

— Desculpe, mas não posso perder tempo — retrucou o outro. — Volto daqui a uma hora.

Pegou os saquinhos, meteu-os num saco maior que trazia preso à cintura, jogou por cima o manto e saiu. Na antecâmara, don Puglia, que estava sentado a uma mesinha coberta de papéis, olhou para ele e se levantou.

— Sua Excelência Reverendíssima me mandou acompanhá-lo.

— Creio que Sua Excelência mudou de opinião — respondeu, sorridente, don Severino. — De qualquer modo, acho que ele está precisando do senhor.

Quando retornou, já sem os saquinhos, don Severino encontrou o bispo pálido como um morto, mas com a cabeça novamente lúcida.

— Não tenho tempo a perder — começou, sentando-se.

— Eu também não — disse Turro Mendoza.

— Então, vamos logo ao assunto. Nesse intervalo, o senhor teve alguma ideia de como se safar?

— Não.

— Eu fiz as contas.

— Que contas?

— Dos dias que o senhor ainda tem antes de ser preso. Seis ou sete. Tenho prática nessas coisas.

— E então?

— Seria preciso deter dona Eleonora nestes sete dias, antes que o Grão-Capitão dê a ordem de encarcerá-lo.

— Como?

— Eu sei como. Só lhe resta esse caminho. O interessante é que o senhor também conhece esse caminho, mas não consegue vê-lo.

— Então me mostre.

— Primeiro o dinheiro.

— E se essa sua ideia não funcionar?

— Funciona, funciona, posso lhe garantir. Só que, quanto mais tempo perder, pior para o senhor.

— Escute, falo sinceramente: aqui, em casa, não tenho seis mil escudos. Tenho um pouco menos.

— Quanto?

— Cinco mil.

— Está bem.

O bispo se levantou com dificuldade.

— Eu vou...

— Façamos do meu jeito — interrompeu don Severino. — Preste atenção. Eu saio primeiro. Quando o senhor descer com don Puglia, trazendo os cinco saquinhos, vai encontrar em frente ao portão uma carruagem comigo dentro. Don Puglia me entrega os saquinhos e retorna, fechando o portão. O senhor, porém, depois que don Puglia se afastar, entra na carruagem e eu lhe digo tudo. De acordo?

— De acordo.

A primeira coisa que don Severino disse ao bispo, depois que don Puglia fechou o portão, foi:

— Aviso que estou armado. Se tiver planejado me fazer cair numa esparrela, o senhor é um homem morto.

— Não planejei esparrela nenhuma — disse Turro Mendoza. — Bem, diga logo qual é o caminho...

— O caminho sempre esteve à sua frente. E, em vez de tomá-lo de imediato, o senhor se meteu a fazer bobagens como sublevação do povo, sermões na Catedral... aparições de fantasmas de mentira... Na prisão, me contaram tudo. O senhor tinha diante de si o ponto fraco de dona Eleonora e não...

— Pare com esta lengalenga — interrompeu o bispo. — Qual é o ponto fraco dela?

— Ser uma mulher — resumiu don Severino.

O bispo se enfureceu.

— Devolva meus cinco mil escudos! — esbravejou. — O senhor é um ladrão!

— E o senhor, um pateta!

— Mas o que pretende resolver, me dizendo que dona Eleonora é uma mulher?

— Tudo!

— Mas como?! — fez o bispo, desesperado.

— Como? Mandando imediatamente uma carta ao Papa, perguntando como é possível que na Sicília o Legado Nato dele seja uma mulher.

Por um momento, o bispo ficou sem fôlego.

— Caralho! É verdade! — conseguiu exclamar, depois de um tempinho.

Desceu e começou a bater desesperadamente no portão. A carruagem com don Severino e os cinco mil escudos partiu em grande velocidade.

Don Severino não sabia, enquanto a carruagem corria e ele, feliz e contente, acariciava os cinco saquinhos aos seus pés, que estava levando consigo a morte.

De fato, don Puglia, depois de entrar pelo portão do palácio episcopal, atravessara correndo o pátio interno e saíra novamente por uma portinha dos fundos. Então contornou o edifício, abaixou-se um pouco, aproximou-se da carruagem por trás, subiu sem que o cocheiro percebesse, equilibrou-se de pé nos eixos das rodas e segurou-se com as duas mãos às alças de metal que serviam aos palafreneiros das carruagens nobres.

Pouco depois que a carruagem entrou pelo bosque da Favorita, don Puglia decidiu passar à ação. A carruagem era velha e a lona que a cobria já estava frouxa. Deslocando a mão direita e tateando de leve, ele podia sentir o volume formado do lado de dentro pelos ombros de don Severino, que se apoiavam ali.

Puxou o punhal e, firmando-se bem com a mão esquerda na alça, ergueu-o com o braço direito esticado para trás e o desceu com toda a força no meio daquele volume. O punhal rasgou a tela, a roupa, a pele e a carne de don Severino. Don Puglia deixou passarem alguns minutos, mantendo-se imóvel. Em seguida, antes de recolher o punhal, apalpou e sentiu que a lona estava úmida. Sangue, naturalmente. Só então ele recuperou a arma. Agora, vinha a parte mais perigosa. Não sabia se o cocheiro era jovem ou velho, se havia sido alugado ou se era amigo de don Severino. Levantou o pé direito o mais alto que conseguiu e enfiou a ponta na alça onde antes havia mantido a mão. Soergueu-se para ver se a alça aguentava o peso do corpo. Aguentava. Com um impulso, viu-se de bruços sobre a cobertura da carruagem. Levava o punhal entre os dentes. A escuridão era muito densa, ele não conseguia ver nada. Rastejou para a frente, temendo que de uma hora para outra os suportes da lona se quebrassem. Por fim compreendeu que os ombros do cocheiro estavam a pequena distância, menos que um braço. Arrastou-se um pouco mais. Nesse momento a carruagem estava atravessando um trecho de estrada onde as árvores eram menos densas, e um débil raio de lua bastou a don Puglia para atacar como uma serpente. O cocheiro largou as rédeas, inclinou-se de lado sem dizer uma palavra e caiu ao solo. Com um salto, don Puglia se sentou no lugar dele, segurou as rédeas e deteve os dois cavalos.

Desceu, retornou ao ponto onde o cocheiro havia caído, recuperou o punhal, andou até a carruagem, abriu a portinhola, puxou o cadáver de don Severino para jogá-lo no chão, subiu à boleia, fez os cavalos darem a volta e tomou o rumo de Palermo.

Ao entrar novamente no palácio episcopal, Turro Mendoza havia corrido para a biblioteca, mandando acender todos os candelabros e ordenando que colocassem sobre uma mesa grande todos os documentos e livros que tratavam do assunto da Legação Apostólica, a qual, fato único em toda a cristandade, concentrava numa só pessoa, o Rei da Sicília, e por conseguinte no Vice-Rei que o representava, tanto o poder civil quanto o poder eclesiástico. Essa genial ideia partiu do Papa Urbano II, que em 1098 a transformou em lei mediante a bula *Quia propter prudentiam tuam*. Mas depois, durante séculos, todos a esqueceram ou quiseram esquecer. No final do século XV, Gian Luca Barberio a trouxe de volta. E provocou uma bela confusão com o Papa, que não queria reconhecê-la. E assim houve brigas feias, rixas, desaforos, vinganças, troca de ofensas entre o rei da Espanha e os vários Papas. Até que, em 1605, o cardeal Baronio saiu-se com o argumento de que a famosa bula não tinha sido escrita pelo Papa Urbano, mas pelo antipapa Anacleto, e por isso valia menos do que um escudo falso. Os Reis da Espanha responderam que estavam cagando e andando para o cardeal Baronio, queriam saber a opinião do Papa quanto ao autor da bula. O Papa respondeu que precisava de algum tempo para decidir. Passaram-se dezenas e dezenas de anos e essa decisão papal nunca veio.

O bispo separou tudo o que havia lido e começou a pensar a respeito. Foi interrompido pela entrada de don Puglia.

— Tudo resolvido. Recuperei os cinco saquinhos e guardei no mesmo lugar de onde os tiramos.

O bispo não perguntou como ele conseguira recuperá-los. Imaginava muito bem.

— E o que fez com a carruagem?

— Incendiei, depois de levá-la para longe daqui. Os cavalos eu soltei.

— Está bem. Vá dormir umas três horas, porque depois deve viajar.

— Aonde devo ir?

— A Roma, para entregar ao Papa uma carta minha. E para isso deve levar no máximo três dias. Se conseguir, um dos cinco saquinhos é seu.

— Então, nem vou me deitar. Vou descer até o porto. Preciso alugar o veleiro mais veloz que encontrar. Vai lhe custar caro, mas em três dias sua carta será entregue.

• • •

Turro Mendoza levou mais de três horas para escrever a carta.

Mas, quando a releu, considerou-a uma obra-prima. Cada palavra era um prego para fechar ainda mais o caixão de dona Eleonora.

Para o caso de o Papa não se lembrar, a carta começava com uma breve história da Legação Apostólica no Reino da Sicília, e recordava que ela sempre havia sido motivo de mal-estar na Ilha.

Mal-estar esse que, nos últimos dias, se fizera mais forte por causa do constrangimento de que ele, como bispo de Palermo e chefe da Igreja siciliana, se tornara vítima, quando, com a morte do Vice-Rei, o cargo deste último fora ocupado pela viúva.

A qual, consequentemente, assumira também o de Legado Nato do Papa.

Pois bem, quais tinham sido sempre e continuavam sendo os Legados Pontifícios? Cardeais, bispos, monsenhores, todos eles pessoas que haviam recebido as Ordens.

Acontecera alguma vez que um Legado fosse mulher? Não somente não acontecera, como semelhante coisa era impensável.

Então, como podia um bispo obedecer a um Legado mulher? Obedecer não seria uma heresia? Era a pergunta que fazia a si mesmo, com a alma dilacerada.

Eis por que ele, Turro Mendoza, com filial devoção, suplicava à Sua Santidade o Papa que interviesse sem demora junto ao Rei de Espanha, a fim de que este chamasse de volta à pátria a Vice-Rainha e declarasse nulos os atos de governo e de império por ela decididos, tanto *sub jure proprio* quanto *sub jure legationis*.

Além do mais, semelhante *monstrum*, se não fosse interrompido a tempo, seguramente complicaria ainda mais a solução definitiva da questão da Legação Apostólica na Sicília.

Às seis da manhã, don Puglia já estava a bordo do veleiro que zarpava rumo a Nápoles.

CAPÍTULO 16

A partida está chegando ao fim

O bispo tratara de explicar minuciosamente a don Puglia de que modo ele devia se movimentar, uma vez chegado à corte papal, e lhe dissera inclusive o nome da pessoa certa, um cardeal bem próximo do Papa e seu bom e confiável amigo, ao qual ele devia se dirigir. Don Puglia se ateve escrupulosamente à indicação.

Assim foi que a carta de Turro Mendoza chegou em grande velocidade, ou seja, três dias e sete horas depois de ter sido escrita, às mãos do Papa Inocêncio XI, que acabava de assumir o trono pontifício.

Na tarde de trinta de setembro, enquanto don Puglia seguia para Nápoles a fim de embarcar novamente e retornar a Palermo, saía de Roma uma carta do Papa ao Rei Carlos, na qual era solicitado que dona Eleonora de Moura fosse afastada do cargo a partir do dia seguinte, primeiro de outubro, e imediatamente chamada à Espanha, porque não podia em absoluto substituir o Vice-Rei, visto que exercer tal função significava ser também Legado Nato do Papa e um Legado Nato do Papa não podia ser, de modo algum e por nenhuma razão no mundo, uma mulher.

Na carta, pedia-se também que fossem consideradas nulas, como consequência lógica e indiscutível, todas as decisões que dona Eleonora havia tomado tanto como Vice-Rainha quanto como Legado.

Do contrário, concluía a carta, a santíssima paciência e a santíssima prudência do Santo Padre em relação à Legação Apostólica na Sicília podiam vir a faltar de repente e o Santo Padre, tendo a essa altura o santíssimo saco já cheio, daria sua tão esperada resposta, resposta essa que seguramente não seria favorável à opinião precedentemente manifestada pelos Reis da Espanha.

Então, chegando a uma conclusão prática: não era melhor tirar logo do caminho o objeto da questão e, por mais algum tempo, deixar as coisas como estavam?

Enquanto isso, Stefano Giaraffa não tinha achado conveniente ir correndo de Catânia a Palermo para repetir a denúncia contra o bispo. Mas quando soube que, segundo a ata do Conselho, houvera uma denúncia do bispo contra ele e que o tinham demitido, caiu das nuvens. Esclareceu que na verdade jamais tinha sido denunciado nem demitido e que tivera de deixar o emprego de administrador e fugir para Catânia por causa das ameaças do bispo.

Relatou ao Grão-Capitão que também precisara chamar um médico, don Silvestro De Giovanni, para seu filho Carlino, mas que o doutor se recusara a testemunhar, considerando que era médico de todo o bispado e se arriscaria a perder o emprego. Mas certamente don Silvestro, ao ver a situação feia, mais cedo ou mais tarde se decidiria a cumprir seu dever. Inclusive se lhe fosse mencionada a possibilidade de ele também ir parar na cadeia, se não contasse a verdade.

E, assim, chegou-se ao ponto mais delicado de toda a história: como prender o bispo?

Era a primeira vez que semelhante coisa acontecia, e convinha proceder depois de pensar demoradamente a respeito.

Tanto dona Eleonora quanto o Grão-Capitão e o Juiz da Monarquia concordavam em que quanto menos estardalhaço se fizesse, melhor seria.

Não era de se esperar que o bispo se apresentasse espontaneamente após uma convocação ao Palácio, e tampouco era de se esperar que ele não opusesse enorme resistência se fossem prendê-lo com cinquenta soldados armados ·

A melhor ideia quem teve foi dona Eleonora.

— Hay um pasaje interior entre la Catedral y el palácio episcopal? — perguntou.

— Sim — respondeu don Filippo Arcadipane. — O bispo pode ir diretamente do palácio até a Catedral por uma porta que há na sacristia.

— Hay que tener esta puerta cerrada. Se pongan dos o más soldados de guardia. O bispo tiene que estar isolado en su apartamento do palácio, que estará vigilado día y noche para impedir su fuga eventual. Así, la Catedral ficará abierta al culto y no podrán acusarnos de haber abusado de nuestra autoridad. Usted, don Filippo, hoy mismo comunicará al bispo nuestra decisión como consecuencia das acusações contra ele.

— Mas e quando ele tiver de se apresentar ao tribunal? — perguntou o Juiz da Monarquia.

— Então le preguntaremos se quer disculparse. Se disser que sim, deverá presentarse acorrentado. Se disser que não, quando for condenado, y sólo nessa ocasião, nós o prenderemos con la fuerza.

Ao contrário do que don Filippo esperava, Turro Mendoza se manteve bastante calmo ao ouvir que devia se considerar detido, e que só por uma delicadeza em relação a ele dona Eleonora decidira não o mandar para a cadeia. Respondeu dizendo que aquela era uma grande provação pela qual o Senhor decidira fazê-lo passar, e que estava certo de que a superaria com a força que a fé lhe dava. Em seguida don Filippo lhe pediu a lista de no máximo dez pessoas que seriam as únicas autorizadas a entrar e sair do bispado. Entre essas dez, o bispo incluiu o nome de don Puglia, seu secretário, o qual, explicou, no momento estava ausente de Palermo, mas retornaria logo. Era uma pessoa que deviam deixar passar a qualquer hora do dia ou da noite.

Entre portões principais, portões secundários, portões para as carruagens e para os estábulos, além de portinhas mais ou menos disfarçadas, o enorme palácio episcopal somava doze entradas, motivo pelo qual foram colocados de guarda mais de vinte soldados armados.

E não só. Esses soldados também paravam as pessoas que chegavam, queriam saber o que elas iam fazer e quem iam encontrar. Em meia hora,

Palermo inteira veio a saber que estava acontecendo algo estranho com Sua Excelência Reverendíssima o bispo.

A primeira noite passou tranquilamente.

Nas primeiras horas do dia seguinte, o Inquisidor don Camilo Rojas y Penalta pediu audiência a dona Eleonora.

Ela só o tinha visto uma vez, quando don Camilo viera prestar ato de devoção, e antipatizara imediatamente com ele. Magro como um esqueleto, na caveira que era sua cabeça usava uma venda negra cobrindo o olho esquerdo, arrancado à força por um condenado que, quase enlouquecido após horas e horas de tortura, fingira desmaiar e o agredira.

Don Camilo dava sempre a impressão de uma besta selvagem e esfomeada, porque fazia anos e anos que o Santo Ofício estava sem sorte, não se encontrava um herético nem pagando a peso de ouro, as bruxas tinham desaparecido e já não se conseguia queimar ninguém vivo em praça pública. Onde haviam ido parar os maravilhosos autos-de-fé? Agora era preciso se contentar com torturar falsas testemunhas, maridos com duas mulheres, pessoas que diziam calúnias e falsidades. Coisas que afinal eram também da competência da justiça normal, e por isso frequentemente nasciam disputas entre os dois tribunais.

Dona Eleonora aguardava aquela visita desde o momento em que mandara encerrar o bispo nos aposentos dele, e tinha se preparado bem.

— Me han referido que Su Excelencia el bispo Turro Mendoza está detenido en su palacio — começou don Camilo. — Y vine aquí a deplorar que el Santo Oficio no haya sido informado, y a su debido tiempo, de las acusaciones a su cargo. Según la costumbre y la norma a las que no se han infringido nunca...

— Usted personalmente las conoce? — interrompeu a marquesa.

— Las acusaciones? No. Y le agradecería si...

— Está acusado de cometer execrable crimen contra dos niños que formaban parte del coro de la Catedral.

O Inquisidor fez uma cara embasbacada.

— Dice en serio?!

Dona Eleonora olhou para ele, sem se dignar a responder. Don Camilo levou uma mão à fronte.

— De verdad me parece increíble!

Tampouco desta vez a marquesa disse alguma coisa.

— Ha confesado?

— Ha dicho que se trata de una prueba a la que le quiere someter Dios.

Don Camilo passou a língua sobre os lábios.

— Si es culpable, cuestión que todavía debemos aclarar, yo sabría como hacerle confesar.

Ao ouvir tais palavras, dona Eleonora sentiu um soco na boca do estômago. Fitou don Camilo com as pálpebras semicerradas, os olhos eram quase duas fissuras.

— Usted cómo está tan seguro que un hombre diga la verdad, o más bien la verdad que Usted quiere que él declare, sólo para suspender la tortura a la que está sometido?

— Si él dirá la verdad que yo quiero escuchar, ese hombre habrá dicho de todas formas y siempre la verdad, porque yo soy la verdad.

Dona Eleonora não aguentou mais. Queria se livrar o mais depressa possível da presença daquele homem.

— Y ahora que Usted sabe de lo que ha sido acusado el obispo...

— Ahora que lo sé, me parece que no caben dudas que la competencia sea del Santo Oficio. Se trata de un crimen cometido por um obispo.

— No quiero cuestionar con Usted — respondeu, dura, a marquesa.

— Quiera perdonarme — disse prontamente don Camilo.

— Le ruego someter la cuestión al Juez de la Monarquía — prosseguiu dona Eleonora. — Él es más competente que yo.

Don Camilo se inclinou e começou a se afastar. Dona Eleonora completou:

— Sin embargo me gustaría subrayar que yo, en calidad de Legado Nacido del Papa, por el crimen cometido por un obispo podría con autoridad solucionar el caso. Pero no quiero hacerlo, por el momento.

• • •

No início da tarde, don Gaetano Currò, o Juiz da Monarquia, mostrou-se bastante preocupado com dona Eleonora.

— Conversei longamente com don Camilo Rojas y Penalta. Infelizmente, não temos flechas para nosso arco.

— Tiene razón él?

— Lamentavelmente sim. Não há nada escrito, é verdade, mas é costume que os delitos comuns cometidos por homens e mulheres religiosos sejam pertinentes ao Santo Ofício. E, com maior razão, tratando-se de um bispo, do chefe da Igreja siciliana, temo que ocupar-se do assunto caiba mesmo a dom Camilo. Ele deu como exemplo sete casos de padres, entre os quais um monsenhor, que o Santo Ofício condenou pelo nefando crime nos últimos três anos.

— O senhor conferiu?

— Certamente. Li todas as sentenças de condenação dos últimos três anos.

— E também as escusas absolutórias?

— Sim. As absolutórias também.

— Hay casos en que el Santo Oficio no ha tenido en cuenta las acusaciones de execrable crimen movidas contra padres, considerando-as não verdadeiras? — perguntou dona Eleonora.

— Sim. Dois.

A marquesa pensou um pouco. Em seguida perguntou:

— Sabe que relações existem entre Turro Mendoza e don Camilo?

A expressão do Juiz da Monarquia se crispou ainda mais.

— Dizer fraternas é dizer pouco.

Ele fez uma pausa e continuou:

— É isso que me preocupa agora. Se eles não fossem amigos, faria pouca diferença que Turro Mendoza fosse julgado por nós ou pelo Tribunal da Inquisição. Mas a senhora me fez vir a suspeita de que se trata de uma ação cujo objetivo final é absolver o bispo das acusações.

— Hasta que yo estaré aquí, esto no pasará nunca — disse firmemente dona Eleonora.

Don Gaetano Currò olhou imediatamente para a ponta dos sapatos. A chama negra que certas vezes se acendia nos olhos daquela mulher era insustentável.

— Qué podemos hacer? — perguntou a marquesa um tempinho depois.

— Por enquanto, vou verificar nossa suspeita — disse don Gaetano.

— Como assim?

— Comunicar ao bispo a solicitação do Santo Ofício. E ver a reação dele. A Inquisição é sinônimo de torturas ferozes, e qualquer pessoa normal pagaria ouro para se submeter ao julgamento de um tribunal régio. Se, porém, ele aceitar, sem protestar, ser processado pelo Tribunal do Santo Ofício, significa que confia na amizade com don Camilo e sabe que poderá se livrar.

Don Gaetano voltou ao Palácio duas horas mais tarde. Tinha falado com o bispo e este havia considerado mais do que correto que o Santo Ofício o julgasse.

Portanto, já não havia dúvida: don Camilo Rojas y Penalta sentenciaria que as acusações eram falsas.

— E agora? — fez dona Eleonora.

— Agora, a saída é prosseguirmos como se a solicitação de don Camilo nunca tivesse existido — disse don Filippo.

— E o que ganhamos com isso?

— Tempo, minha senhora. Ganhamos um precioso tempo. Antes que don Camilo consiga renovar de maneira mais enérgica, e por escrito, sua solicitação, já deveremos ter julgado e condenado o bispo. Tudo tem que ser resolvido no menor prazo possível.

Nesse intervalo, que era um belo dia de sol tanto na Espanha quanto na Sicília, aconteceram duas coisas muito importantes.

A primeira foi que Sua Majestade o Rei de Espanha recebeu a carta enviada com grande pressa pelo Papa. E a leu. Imediatamente reuniu seus conselheiros.

A discussão foi breve, e três horas depois a resposta já estava pronta.

Sua Majestade reconhecia sem grande esforço a séria dificuldade na qual se vira de repente a Santa Madre Igreja, tendo que lidar com um Legado Papal de sexo indubitavelmente feminino, e por isso, conquanto a coisa lhe pesasse, concordaria em chamar de volta à pátria dona Eleonora de Moura, marquesa de Castel de Rodrigo.

Mas com uma só condição. Sobre a qual não podia transigir. *Sine qua non*, como diziam os latinos.

E era que, tendo dona Eleonora agido *sub jure proprio*, vale dizer, no que se referia ao Reino, e não havendo jamais usado seu poder de Legado Nato do Papa, Sua Majestade não via por qual razão deveria declarar nulos os atos de governo e de justiça por ela realizados ou já deliberados até o último dia do mês de setembro. Eram questões relativas ao Reino da Espanha, e não ao Papado. Se, atendendo ao pedido de Sua Santidade, Sua Majestade o Rei anulasse os atos da Vice-Rainha, isso podia ser considerado como intromissão indevida da Igreja nos assuntos do Reino. Por conseguinte, prezado Papa, o que está feito, feito está, e atrás não se volta.

Se o Papa aceitasse essa condição, ótimo. Em caso contrário, a Vice-Rainha não seria chamada de volta.

Sua Santidade que escolhesse.

Até lá, e à espera de pronta resposta, filialmente e devotissimamente Sua Majestade se prosternava.

A segunda coisa importante que aconteceu foi que o sessentão Cocò Alletto acordou.

Claro, não é grande novidade que alguém, chegada a manhã, abra os olhos e acorde.

Mas o fato é que Cocò Alletto não acordou do sono, e sim de uma solene carraspana que lhe durava nem ele sabia desde quando, mas de qualquer modo desde vários dias e noites antes.

Tudo tinha começado quando, no único quartinho onde ele se reduzira a sobreviver, se apresentara seu ex-patrão, don Severino Lomascio, marquês de Roccalumera, antigo Juiz da Monarquia, depois encarcerado e privado de todos os seus bens.

Don Severino lhe pedira a caridade de um leito e Cocò cedera o seu.

E dividira a minestra com ele.

Na noite seguinte, don Severino havia voltado bastante agitado.

"Talvez a roda da fortuna tenha girado ao meu favor, Cocò!"

Escreveu uma longa carta e deixou-a com ele, dizendo que, se não aparecesse naquela noite, Cocò devia entregá-la imediatamente ao Capitão de Justiça.

E, junto com a carta, pousou sobre a mesinha um punhado de moedas.

"Estas são pelo incômodo que lhe dei."

E saiu de novo.

Cocò Alletto jamais possuíra tanto dinheiro, nem nos tempos em que era camareiro no palácio dos Lomascio.

Achou que convinha se manter vigilante para ver se don Severino retornava ou não. Guardou as moedas no bolso, pegou a bilha, saiu, foi à taberna mais próxima, mandou encher de vinho o recipiente, voltou e começou a beber.

A carta ele a escondera embaixo do enxergão que lhe servia de cama.

Quando veio a luz do dia, compreendeu que don Severino não tinha voltado.

Resolveu terminar a bilha de vinho e depois ir ver o Capitão de Justiça. Mas logo em seguida adormeceu.

Quando acordou, não compreendeu quanto tempo se passara. Depois se convenceu de que don Severino tinha acabado de sair. Então se levantou, saiu e mandou encher novamente a bilha.

Mas, naquela manhã, compreendeu que devia ter se passado muito tempo. Por sorte, no balde ainda havia água. Então, fez uma higiene e se encaminhou para o palácio do Grão-Capitão, que ficava em um lugar que ele conhecia bem porque, dia sim dia não, havia levado até lá cartas de don Severino quando era juiz.

De fato, o encarregado de receber tanto as cartas quanto as súplicas e as denúncias o reconheceu.

E ele, repetindo as palavras que don Severino lhe dissera, entregou a carta.

Que uma hora depois já estava sob os olhos do Grão-Capitão de Justiça.

Começava assim:

Ilustríssimo don Filippo Arcadipane, quem lhe escreve é aquele que um dia foi Juiz da Monarquia e teve assento no Sacro Régio Conselho, e hoje é apenas Severino Lomascio, um desgraçado reduzido à miséria e obrigado aos mais baixos expedientes para sobreviver.

Sobreviver?

Se o senhor está lendo estas minhas linhas, isso significa somente uma coisa: que estou morto. Por assassinato. Então, saiba que quem deu a ordem para me matar, provavelmente ao secretário dele, que me parece chamar-se Puglia, foi Sua Excelência Reverendíssima o Bispo Turro Mendoza.

Direi agora as razões disso com absoluta falta de piedade, em primeiro lugar por mim mesmo.

E aqui a carta continuava explicando que, tendo sabido casualmente que o bispo estava prestes a ser processado por ter cometido o nefando crime contra dois menininhos do coro, dali a pouco ele iria procurar sua Excelência Reverendíssima e pedir três mil escudos por essa informação e seis mil em troca de indicar-lhe o modo de se safar.

Pedia desculpas ao Capitão, mas não considerava oportuno detalhar esse modo na carta. A coisa ficaria somente entre ele e o bispo.

Estava mais do que seguro de que Turro Mendoza aceitaria a troca e pagaria antecipadamente.

Mas estava igualmente muito seguro de que o bispo, servindo-se de seu secretário don Puglia, faria o possível e o impossível para recuperar o dinheiro desembolsado. Eis por que ele, Lomascio, corria perigo de morte.

O momento mais perigoso, dizia, seria aquele em que partisse do palácio episcopal na carruagem, levando os saquinhos com o dinheiro. Acreditava que um eventual seguimento por parte don Puglia só poderia se concluir dentro do bosque da Favorita, que ele seria obrigado a atravessar a fim de chegar ao lugar onde embarcaria para longe.

Terminava manifestando a esperança de que aquela carta jamais chegasse às mãos do Capitão de Justiça.

Mas, se chegasse, fazia votos de que este último conseguisse mandar o bispo para o cárcere.

Don Filippo Arcadipane acabou de ler e ficou pensativo.

Se a carta lhe havia chegado, don Severino tinha sido morto e o bispo recuperara seu dinheiro.

Mas era uma carta sem nenhum valor, o bispo poderia se defender afirmando que don Severino tinha inventado aquela história.

Tudo, porém, seria diferente se...

Mandou chamar Aurelio Torregrossa.

— Nos últimos dias, foram trazidos à Misericórdia cadáveres encontrados na estrada carroçável que atravessa a Favorita?

— Sim senhor. Um homem que era dono de uma carruagem e a alugava, servindo ele mesmo de cocheiro. Foi reconhecido pela esposa.

Don Filippo aguçou os ouvidos.

— E a carruagem foi encontrada?

— Não.

— Procure saber o lugar exato no qual encontraram o cadáver. E depois, iremos juntos até lá.

— À Favorita?

— Por que não? O dia está lindo, um passeio ao ar livre nos fará bem.

CAPÍTULO 17

Aqui se faz, aqui se paga

Como verdadeiro investigador que era, Torregrossa levou pouquíssimo tempo para descobrir o lugar onde o cocheiro havia caído no chão, já mortalmente ferido, e, um pouco adiante, uma grande mancha de sangue emplastrada com terra.

— Aqui, seguramente havia uma segunda vítima.

— Também estou vendo — comentou don Filippo. — Mas onde terá ido parar?

Torregrossa não respondeu, tinha ficado todo retesado, como um cão de caça. Em seguida começou a entrar no bosque.

— Aonde você vai?

Tampouco desta vez houve resposta. Don Filippo ficou parado no caminho, sem saber o que fazer.

Depois ouviu a voz de Torregrossa.

— Capitão, venha cá!

Assim que entrou no bosque, don Filippo percebeu que havia uma trilha, invisível da estrada. Percorreu-a e, a certa altura, viu-se atrás de Torregrossa.

— Veja isto aqui.

Meio escondida entre as touceiras de mato havia uma espécie de cabana feita de ramos, lama e madeira. Na frente, sentado no chão, um homem os olhava.

Aproximaram-se. O homem, um quarentão com barba comprida, cabelos desgrenhados, tronco peludíssimo e nu, olhar turvo, não se mexeu.

— Preciso lhe fazer umas perguntas — disse don Filippo.

— Vão tomar no cu, vocês dois — retrucou o homem.

O pontapé de Torregrossa quebrou-lhe dois dentes e o nariz. O homem fechou os olhos e desmaiou.

Torregrossa, que sempre levava consigo a corrente, prendeu com ela as mãos do sujeito, e para os pés usou um pedaço de corda. Entraram na cabana.

Uma roupa que devia ter sido de boa qualidade, com a jaqueta rasgada atrás e toda manchada de sangue, estava pendurada num prego. No chão, um par de botas de couro fino.

Em um bolso da jaqueta estava o anel de ouro com o emblema do marquesado de Roccalumera.

Não havia dúvida: aqueles objetos eram de don Severino Lomascio.

O homem havia despojado o cadáver e ficado com as coisas dele.

Saíram da cabana. Agora o homem tinha os olhos abertos.

— Onde você o deixou? — perguntou Torregrossa, levantando novamente o pé, como se fosse desferir outro golpe.

— Olhem aí atrás — balbuciou o homem.

Foram até os fundos da cabana e logo viram a terra remexida.

— Não é profunda — disse Torregrossa, agachando-se.

Começou a remover a terra só com as mãos.

Pouco depois, apareceu um rosto.

— É o marquês de Roccalumera — disse don Filippo Arcadipane.

Sem perder um minuto de tempo, o Capitão de Justiça correu a informar o Juiz da Monarquia sobre a carta e a descoberta do cadáver, e ambos se precipitaram para o Palácio.

Dona Eleonora quase não acreditou. Tomou uma decisão imediata.

— Puesto que a acusação principal es de doble homicidio, este caso no es de competencia del Santo Oficio, sino del Tribunal Régio. Os dois delitos de execrable crimen, que ahora se tornam a segunda peça de acusação, serão necesariamente sometidos al mismo Tribunal. Por favor, informe isso a don Camilo.

— Será feito — respondeu don Gaetano Currò.
— Cuando podrá iniciarse el proceso? — perguntou a marquesa.
— Por mim, até mesmo amanhã de manhã — disse don Filippo.
— Eu também estou pronto — ecoou don Gaetano.
— Então, que sea para mañana. Pero me gustaría que o bispo ya sea presente en la primera sesión.
— Isso significa que amanhã de manhã ele deverá comparecer acorrentado diante do Tribunal? — perguntou don Filippo.
— Acorrentado o no, quiero que sea presente. Afinal, es su derecho. Y que su detención pase inobservada.

E essa era a dificuldade. Don Filippo Arcadipane coçou a cabeça, porque não sabia como fazer.

Quando voltou ao seu escritório, chegou à conclusão de que a única saída era conversar com Torregrossa.

— Queira me explicar melhor — fez Torregrossa, depois que don Filippo lhe expôs o problema. — Ao anoitecer, o palácio episcopal é esvaziado, e dentro só ficam para dormir o bispo e o secretário?

— Assim é.

— O bispo dorme no quarto dele, e o secretário Puglia dorme na antecâmara?

— Sim.

— O portão grande é fechado ao pôr-do-sol, pelos soldados que ficam de guarda a noite inteira?

— Sim.

— O senhor pode fazer o favor de avisar aos soldados que deixem passar uma carroça e quatro homens que vão levar um carregamento de vinho?

Don Filippo arregalou os olhos.

— Vinho?

— Deixe comigo.

Um quarto de hora depois que o portão principal do palácio episcopal tinha sido fechado, parou em frente a ele uma carroça puxada por um cavalo que era só pele e osso. Sobre a carroça estavam um homem que segurava as rédeas e outros três claramente meio embriagados.

No meio da carroça, presa por cordas, havia um barril realmente enorme.

— Trouxemos o vinho — disse o homem com as rédeas.

Os soldados de guarda, que haviam sido avisados, não disseram nem a nem bê e abriram o portão.

Antes de entrar, o homem disse:

— Deixem aberto, que daqui a pouco vamos sair novamente com o barril vazio.

A carroça entrou no pátio e desapareceu da vista dos guardas.

Torregrossa, que era o homem com as rédeas, parou-a à altura da porta do apartamento privado do bispo.

— Rapazes, vamos descarregar.

Desceram o barril da carroça e o pousaram no chão apoiando-o sobre uma das duas faces planas. Em seguida Torregrossa subiu à carroça, debruçou-se sobre o barril, levantou com as duas mãos uma das aduelas e toda a parte superior subiu como uma tampa. Havia levado três horas para que um mestre carpinteiro e um mestre ferreiro o preparassem devidamente.

— Deixem assim, e vamos subir — disse Torregrossa.

A porta estava aberta. Pé ante pé, percorreram dois lances de escada. Viram-se diante de outra porta, mas fechada.

— Esta dá para antecâmara — avisou Torregrossa em voz baixa.

Girou a maçaneta, empurrou, a porta se moveu. Torregrossa recuou com dois dos companheiros e fez sinal a Luzzo Luparello, que era um colosso, para entrar primeiro.

Luzzo escancarou a porta e olhou ao redor, fingindo-se espantado.

Don Puglia, sentado sobre o leito que havia preparado para si na antecâmara, ainda estava vestido, ocupado em ler um papel à luz de um candelabro. Levantou-se rapidamente.

— Quem é o senhor? — perguntou, alarmado.

E, imediatamente, se inclinou o puxou o punhal, que mantinha guardado numa bainha especialmente confeccionada e presa a uma das pernas.

— Perdão! — fez Luzzo, com a voz empastada de quem bebeu muito.
— Eu me perdi e não sei como sair desta porcaria de palácio.
— Fora daqui! — disse don Puglia, aproximando-se.
Com isso, cometeu um grande erro.
Porque o soco de Luzzo na boca do estômago, seguido por um forte pontapé nos colhões, foram duas pancadas que o deixaram estirado no chão, sem poder abrir a boca.
Em poucos segundos viu-se amarrado e amordaçado pelos três homens, que se moviam sem fazer o mínimo ruído, e jogado sobre a cama.
— Dá licença? — perguntou em seguida Torregrossa, abrindo a porta do quarto do bispo e entrando.
Turro Mendoza, que estava sentado à escrivaninha, anotando alguma coisa, ergueu a vista e empalideceu.
Depois se levantou e, com um longo gemido, caiu de joelhos.
— Vossa Excelência Reverendíssima está enganado, eu não sou o Pai Eterno — disse Torregrossa.
— Por caridade! Não me mate! Eu lhe suplico! Posso lhe dar todo o dinheiro que o senhor quiser, mas me poupe! — implorou o bispo, erguendo as mãos em prece e tremendo dos pés à cabeça.
— Outro engano, Excelência. Nós devemos apenas levá-lo para a prisão. Quem tratará de matá-lo é o carrasco. Então, escolha: vai de boa vontade ou vai espernear?
O bispo, que havia temido o pior, se resignou.
— Digam o que eu devo fazer.
— Nada. Apenas ir conosco.
Dois homens se encarregaram de transportar don Puglia.
Luzzo ajudou o bispo a descer a escada segurando-o pelos ombros, do contrário Sua Excelência Reverendíssima, com as pernas que haviam virado ricota, era capaz de cair e quebrar o pescoço.
Primeiro, enfiaram dentro do barril don Puglia, atado e amordaçado como estava.
O problema se apresentou quando se tratou de fazer Sua Excelência Reverendíssima entrar. Os pés e as pernas desceram facilmente, mas a pança parecia uma tampa, não conseguia passar.

Enquanto um dos homens mantinha no alto os braços do bispo, Luzzo tentava empurrar a gordura da pança para dentro do corpo, mas a massa de banha se deslocava ora para a direita, ora para a esquerda, e assim impedia a descida.

Então, o outro homem e o próprio Torregrossa intervieram para impelir as laterais da barriga, a cada empurrão central dado por Luzzo.

— Um, dois, três... Força!

E assim, milímetro por milímetro, à custa de impulsos, apertos, empurrões e xingamentos, a pança passou.

Depois Torregrossa baixou a aduela que impedia a abertura pelo lado de dentro, e nessa hora surgiu outra dificuldade.

Porque, mesmo sendo quatro, eles não conseguiram levantar o barril com os dois que estavam dentro. Tiveram uma trabalheira. Precisaram desatrelar o cavalo, apoiar a carroça inclinada sobre os varais, empurrar o barril para fazê-lo rolar até o tabuleiro, prendê-lo com as cordas e atrelar de novo o cavalo.

E, finalmente, a carroça com o barril e os quatro homens pôde sair do palácio episcopal.

No pátio da prisão, para tirar o bispo e don Puglia, precisaram quebrar o barril.

Naquela mesma noite, nas roupas do bispo foram encontradas apenas duas chaves, bem grandinhas, que ele se recusou obstinadamente a dizer quais portas abriam.

Então o Grão-Capitão, com Torregrossa e mais dez homens, foram vistoriar o apartamento privado de Turro Mendoza. Não encontraram nada de importante.

Já iam saindo, decepcionados, quando Torregrossa notou que na sala de jantar a mesa permanecia preparada para dois, os pratos com coisas frias não haviam sido tocados. Via-se que o bispo e don Puglia não tiveram tempo de comer porque antes disso foram presos.

Mas o que chamou a atenção de Torregrossa foi um barrilete de vinho, pequenino, todo empoeirado, pousado no centro da mesa sobre um suporte de madeira. Ele abriu um pouquinho a torneira, colocou a mão embaixo e a levou à boca. Tinha um sabor refinado, era um vinho envelhecido, de grande qualidade. Sua Excelência Reverendíssima se tratava bem.

— O bispo devia ter uma adega — disse ele ao Grão-Capitão.

— Vamos procurar.

Desceram ao térreo. Ao lado da porta de entrada havia outra. Enfiaram ali uma das chaves. Era a certa. A porta dava para um comprido lance de escada que descia. No final, uma segunda porta, mas de ferro. Abriu-se com a outra chave.

A adega era grande. Depois de duas horas procurando aqui, procurando ali, atrás de um barril encontraram um grande buraco. Dentro estavam empilhados dez saquinhos de escudos de ouro. Dois deles, manchados de sangue.

Em Palermo, ninguém soube que o bispo se encontrava sob julgamento. Porque dona Eleonora, para não deixar as pessoas desconfiadas, havia ordenado que os guardas continuassem a fazer seu trabalho em torno do palácio episcopal, como se Sua Excelência Reverendíssima ainda estivesse em seu apartamento.

Antes do início da sessão, Turro Mendoza levantou uma objeção importante.

Sua intenção secreta era ganhar tempo, enquanto esperava a resposta do Papa. Por isso, disse ao Grão-Capitão de Justiça que, na condição de chefe da Igreja na Sicília, não podia ser julgado por um tribunal comum, mas por um tribunal digno da importância do cargo que ele exerce.

Dona Eleonora e o Juiz da Monarquia conversaram a respeito e chegaram à conclusão de que o bispo seria julgado pelo Sacro Régio Conselho inteiro, coisa que jamais havia acontecido.

Portanto, a única novidade introduzida no salão foi que no centro instalaram uma cadeira para o acusado. Dona Eleonora se recusou a estar presente.

Para presidir a sessão escolheu-se o Juiz da Monarquia. A acusação seria feita pelo Capitão de Justiça.

— O primeiro delito que se atribui a Vossa Excelência é o de ser o mandante do homicídio de don Severino Lomascio, marquês de Roccalumera, e do cocheiro dele, Annibale Schirò, materialmente realizados pelo seu secretário don Valentino Puglia.

Desde as primeiras palavras, o bispo ficou sem palavras, atordoado. Havia esperado a acusação de nefando crime, e não de duplo homicídio. Como diabos eles tinham conseguido saber?

Então suou frio.

Porque de repente se lembrou de que don Severino havia dito que se garantira escrevendo uma carta ao Grão-Capitão, e ele não tinha acreditado.

E de fato:

— A acusação se baseia numa carta de don Severino que... — prosseguiu don Filippo Arcadipane.

O bispo o interrompeu.

— Uma carta não significa nada! O marquês de Roccalumera foi realmente me pedir dinheiro e eu recusei. Esta é a vingança dele.

— Na carta — retomou don Filippo —, o marquês prevê lucidamente que Vossa Excelência, para recuperar os seis mil escudos que o senhor deu a ele em troca de uma certa informação preciosa, mandaria don Puglia matá-lo no bosque da Favorita.

— Prevê, prevê... É tudo conversa fiada! O senhor não dispõe de nada que possa...

— Encontramos o corpo do marquês, claramente apunhalado nas costas. Temos uma testemunha ocular do homicídio, a qual depois despojou o cadáver de don Severino. E na adega de Vossa Excelência Reverendíssima encontramos dois saquinhos de moedas de ouro manchados de sangue.

O bispo se viu perdido.

Abriu a boca para dizer alguma coisa, mas, embora se esforçasse muito, não lhe saiu nenhum som.

— Por fim, devo informar a Vossa Excelência que esta noite don Valentino Puglia confessou os dois homicídios.

Don Filippo se esqueceu de dizer que na prisão tinham usado um pouquinho de óleo fervente, pingado gota a gota sobre a carne viva, para convencer o preso a falar.

E também tomaria o cuidado de evitar informar isso a dona Eleonora.

— Não acredito! — o bispo teve forças para gritar.

— Tragam don Valentino Puglia — ordenou o Grão-Capitão aos dois guardas plantados ao lado da porta.

Eles saíram e voltaram segurando pelos braços don Puglia, que não se aguentava em pé.

No peito nu, viam-se os sinais de grandes queimaduras.

— Perdoe-me — disse don Puglia ao bispo, com um fio de voz.

Turro Mendoza cobriu os olhos com as mãos e não respondeu nada.

Don Puglia foi reconduzido para fora.

— Admite ser o mandante do homicídio de don Severino Lomascio?

— Sim — disse o bispo. — Mas, quanto ao cocheiro, eu não sabia de nada.

— Passemos à segunda denúncia: ter cometido nefando crime contra dois meninos do coro da Catedral. Como principais testemunhas de acusação, os dois médicos que cuidaram dos meninos depois que Vossa Excelência...

— Chega — interrompeu Turro Mendoza. — Chega. Confesso que submeti aquelas duas crianças aos meus desejos. E, se quiserem mesmo saber, é uma coisa que vem acontecendo há anos. Só que ninguém teve jamais a coragem de me denunciar. Aviso que não responderei mais a nenhuma pergunta. Vamos parar por aqui.

E pararam por ali, porque já não havia absolutamente nada a fazer, nem mesmo chamar as testemunhas.

Provavelmente, foi o julgamento mais rápido da história dos julgamentos.

O bispo foi levado a outro aposento, para esperar a sentença, e os Conselheiros mandaram fechar a porta do salão, a fim de que ninguém os escutasse.

Nenhum Conselheiro duvidou de que don Puglia, como executor material dos homicídios, devia ser condenado à morte.

Em contraposição, houve debate, e até muito acirrado, quanto à pena a ser dada a Turro Mendoza: morte ou prisão perpétua?

Don Filippo Arcadipane sustentava que entre mandante e executor não havia nenhuma diferença, e por isso a pena de morte devia ser dada aos dois. O Juiz da Monarquia, por sua vez, concordava com don Filippo, mas lembrava que uma pena de prisão perpétua para um bispo já acarretaria sérias consequências nas relações entre a Espanha e o Papado, então imagine-se o alvoroço que uma condenação à morte provocaria.

Levaram a questão ao juízo de dona Eleonora.

A qual, num primeiro momento, disse que não queria absolutamente se intrometer nas decisões daquele Tribunal especial. Mas, por fim, resolveu dar seu parecer.

— Creo que o bispo tiene que ser formalmente condenado a muerte. O Tribunal, porém, en el mismo acto de pronunciar a condenação, pedirá à Vice-Rainha que conceda la gracia al condenado, transformando la pena de muerte en la de cadena perpetua. Yo, naturalmente, aceptaré de buen grado el pedido del Tribunal.

E assim foi feito.

Depois, com permissão da marquesa, don Benedetto Arosio, o bispo de Patti, escreveu ao Papa explicando como e por que fora necessário chegar à dolorosa decisão de encarcerar o bispo de Palermo, e que era preciso providenciar a substituição deste.

Mas decidiu mandar a carta com calma, ao menos uma semana depois do encarceramento do bispo.

Enquanto isso, o Papa, tendo recebido a missiva do Rei da Espanha, tinha pesado os prós e contras e chegado à conclusão de que era bem mais importante chamar de volta à Espanha a Vice-Rainha do que insistir na anulação daquilo que ela havia feito.

Por isso, não perdeu tempo e respondeu à Sua Majestade dizendo-se disposto a aceitar a condição que o Rei havia estabelecido.

Se tivesse sabido a tempo da prisão e da condenação de Turro Mendoza, seguramente criaria problema, mas a carta do bispo de Patti chegou tarde demais.

Na mesma noite da condenação de Turro Mendoza, don Serafino percebeu, à mesa, que dona Eleonora estava melancólica. E a coisa misteriosa era que aquele véu leve que parecia lhe cobrir os olhos, em vez de ensombrecer o esplendor deles, tornava-o ainda mais semelhante a um lago sem fundo, enfeitiçado e enfeitiçante, onde as estrelas do céu se refletiam brilhando aqui e ali, acendendo-se e se apagando.

A marquesa não sentia vontade de falar, e don Serafino respeitou seu silêncio. Embora preferisse dar não a vida, mas a alma, para saber o motivo daquela melancolia e fazê-la desaparecer.

Depois ela disse, de repente:

— Todos los que han ofendido a mi esposo ya han pagado. Ahora Angel puede reposar en paz. Lo he vengado.

— A senhora não se vingou — disse don Serafino, enfático. — Simplesmente fez justiça. Todos os Conselheiros eram corruptos, a senhora os fez serem punidos pela corrupção. A ofensa contra o Vice-Rei não passou de uma consequência da ação e do pensamento profundamente corruptos deles. A senhora não é uma mulher vingativa, isso não está em sua natureza, em sua natureza só existe justiça.

Tais palavras foram como um golpe de vento que leva a névoa para longe. O véu sobre os olhos da marquesa desapareceu de repente.

Dona Eleonora estendeu a mão e segurou a de don Serafino.

— Gracias. Usted me comprende a mí más que yo misma.

CAPÍTULO 18

Conclusão nem alegre nem amarga

Foi uma manhã bem cansativa para dona Eleonora. Ela devia fazer três inaugurações, uma atrás da outra, e receber uma visita especial.

A primeira inauguração foi a do Conservatório do Spedaletto, completamente reformado, onde haviam encontrado casa as virgens periclitantes. A segunda foi a do Conservatório das Madalenas Arrependidas, o qual abrigava as putas que, por doença ou por velhice, não podiam mais praticar seu ofício.

Foram duas cerimônias muito simples, a marquesa havia ordenado que não houvesse nenhuma solenidade.

Ela e a princesa de Trabia, que dona Eleonora quisera ao seu lado naquela ocasião, foram acolhidas por don Gaetano Currò, o Juiz da Monarquia, orgulhoso pelo grande trabalho que conseguira fazer em tão pouco tempo.

E tinha razão de se vangloriar. As jovens órfãs salvas das ruas eram duzentas e cinquenta; as pobres velhas, mais de duzentas.

E agora, graças a dona Eleonora, todas tinham diante de si somente dias e dias de serenidade e paz.

Embora as órfãs tivessem pedido com insistência que ela dissesse algumas palavras após a bênção dada pelo bispo de Patti, a marquesa não quis abrir a boca.

Limitou-se a abraçar e beijar a mais jovenzinha das órfãs, a qual tinha treze anos.

Fez o mesmo na outra casa.

Abraçou e beijou a mais velha das abrigadas, mas desta vez disse ao ouvido dela três palavras:

— Reposate, hermana mía.

A terceira inauguração foi a do Conservatório de Santa Teresa, criado depois dos dois primeiros e mantido pelas freiras do convento homônimo. Nele ficavam as virgens periclitadas, ou seja, aquelas que não haviam passado no exame da parteira Sidora, mas às quais a ofensa havia sido feita contra a vontade delas.

Depois, dona Eleonora recebeu a visita das cem jovens às quais havia sido destinado o dote régio para o casamento.

No final da manhã compridíssima, a marquesa retornou ao Palácio, cansada mas feliz.

À tarde, don Esteban de la Tierna, o Grão-Visitador, veio fazer sua visita de despedida. Depois de Palermo, don Esteban havia percorrido toda a ilha como um foguete, mandando para a prisão uma grande quantidade de gente desonesta, do chefe do estaleiro de Messina ao marquês Aurelio Spanò, de Bivona, o qual se apropriava do dinheiro dos impostos, do intendente Piscopo de Catânia ao contador Trupiano de Calascibetta. E havia confiscado uma enorme quantidade de dinheiro, de casas, de terrenos que haviam sido fruto de negócios escusos e com isso foram parar nos cofres régios.

— Será para mí un gran honor informar a Su Majestad de sus elevados méritos — foram as últimas palavras que don Esteban disse a dona Eleonora.

E foi retrocedendo sem voltar as costas para ela, em sinal de respeito.

À noite, enquanto dona Eleonora e don Serafino comiam juntos, a conversa caiu sobre o Inquisidor don Camilo, que se limitara a escrever uma formal carta de protesto pela condenação do bispo e ficou nisso. Via-se que ele não tinha mais argumentos.

E don Serafino contou à marquesa que no século XVI, e por vinte anos seguidos, tinha havido em Palermo um Inquisidor, don Luís Rincón de Páramo, tão fanático e sedento de sangue que anotava nomes e sobrenomes de todas as centenas de pessoas que mandara matar. E acrescentou que entre aqueles encarcerados por Páramo havia um rebelde nato, um homem contrário por natureza ao poder e aos homens poderosos, mas que era um poeta, um verdadeiro poeta, chamado Antonio Veneziano.

— Un poeta? Conoce algunas poesías suyas?
— De cor, talvez possa me lembrar de alguma oitava dele.
— Por lo menos dígame una.
— As oitavas estão em dialeto. Se a senhora quiser, depois eu traduzo.
— Enquanto isso, diga.

Don Serafino conhecia umas dez, mas só lhe veio à mente uma, e só uma.

E o porquê, ele não teve nenhuma necessidade de se perguntar.

Fui priso in risguardari la grandizza
di vostra divinissima figura,
l'ebburnea frunti, la nivura trizza,
la vucca cinta di 'mpirlati mura,
l'occhi und'Amuri cu li Grazii sgrizza
e spira grazzi e amuri a cui v'adura.
Vui sitti, donna, specchiu di biddizza,
miraculu di Diu, d'arti e natura.*

Don Serafino havia trocado uma palavra.

Tinha feito a trança cantada por Veneziano passar de *deorata* a *nivura*.

---

* Em tradução livre: "Fui encantado ao ver a grandeza / de vossa diviníssima figura, / a ebúrnea fronte, a negra trança, / a boca cingida de perolados muros, / os olhos donde Amor com as Graças brota / e inspira graças e amor a quem vos adora. / Vós sois, mulher, espelho de beleza, / milagre de Deus, de arte e natureza." (N.T.)

E o bonito é que fizera isso sem sequer perceber.

— Quer que eu traduza? — perguntou.

— La he entendido perfectamente — cortou dona Eleonora.

No dia seguinte, que era sexta-feira, houve a reunião do Sacro Régio Conselho. E aqui aconteceu uma coisa fora do comum.

Ou seja, assim que dona Eleonora declarou aberta a sessão, o Grão-Capitão de Justiça pediu a palavra.

— Falo — disse ele — em nome de todos os Conselheiros, que decidiram me atribuir esta agradável tarefa. Nós, Conselheiros, desejamos que seja registrado em ata que todo o Conselho se considera altamente honrado por ter sido chamado a compartilhar as iluminadas decisões da Vice-Rainha, dona Eleonora de Moura, marquesa de Castel de Rodrigo, e se declara unanimemente disposto a segui-la em toda ulterior decisão que ela quiser tomar, pois o dito Conselho nutre ilimitada confiança em seus extraordinários, generosos e magníficos dons de governo.

Dona Eleonora falou logo depois do Grão-Capitão.

— Agradeço a todos pela confiança presente e futura. Pero lo que eu gostaria de dizer es que as iluminadas decisões, como os senhores as definiram, que tomei hasta ahora, sono solo el fructo de un aprendizaje elementar que he conseguido nos anos em que vivia num convento, ou seja, que Dios ha creado o homem a su imagen y semejanza. Desde então siempre me he empeñado a respetar todos os homens, naturalmente los que son dignos de ser llamados de esta forma, porque en ellos se refleja la imagen misma de Dios. Con lo cual, si no se socorre a quien sufre, a quien padece la injusticia, a quien se muere de hambre, a quien es más débil, y las mujeres siempre son las más débiles, no se commete solo un pecado de omisión, sino el de blasfemia, mucho más grave. Eso es. Y ahora, se estiverem de acordo, se pase a los asuntos a discutir.

O secretário se levantou, abriu a boca e fechou-a. Porque no vão da porta havia aparecido o Chefe do Cerimonial. Trazia na mão um envelope lacrado.

— Peço perdão, mas...
— Diga — fez a marquesa.
— Acaba de desembarcar um portador com uma mensagem urgente da parte de Sua Majestade o Rei.
— Lerei después de que...
— Queira desculpar — insistiu o Chefe do Cerimonial —, mas está escrito: a ser lida assim que for entregue.
— Então me dê.
O Chefe do Cerimonial se adiantou e passou a ela o envelope.
— Perdonen — disse dona Eleonora aos Conselheiros, rompendo o lacre régio.
Leu e, por um instante, ficou lívida. Levou uma mão à fronte, como se estivesse tonta.
Os Conselheiros prenderam a respiração.
Depois a marquesa disse:
— Lo voy leer traduciendo. Perdonen os erros.
Leu com a habitual voz firme, sem inflexões, como se aquilo não tivesse a ver com ela.

É com grande pesar e sincero desprazer que devo dar-vos a ordem de retornar imediatamente à Espanha, declinando, a partir do primeiro dia de outubro, de vossas funções de Vice-Rainha.

Enquanto não for nomeado vosso sucessor, as funções de Vice-Rei serão assumidas pro tempore *pelo Grão-Capitão de Justiça.*

Vossa chamada de volta, e isso nos apraz manifestar, não se deve à vossa atuação, que, longe disso, teve grande mérito aos nossos olhos, mas somente ao fato de que, sendo o Vice-Rei da Sicília, segundo os acordos eclesiásticos desta Monarquia, Legado Nato de Sua Santidade o Papa, não é possível que uma mulher revista essa dignidade.

Tivemos de inclinar-nos a esta conclusão em consequência de um justificado pedido que recebemos do Santo Padre.

Todavia, todos os atos de governo por vós executados e deliberados até o trigésimo dia do mês de setembro, enquanto ocupáveis o cargo, tendo sido todos realizados no total respeito à Lei e em plena posse de vosso Direito Vice-Real, permanecem em vigor e não podem ser cancelados, alterados, discutidos ou não postos em prática pelo vosso sucessor.

Caiu um silêncio tumular.
Os Conselheiros pareciam fulminados em suas poltronas.
A única a permanecer senhora de si foi dona Eleonora.
— Obedezco — disse, virando-se para o trono vazio do Rei.
Em seguida levantou-se, desceu ligeira os três degraus, estendeu a mão num gesto aéreo para o Grão-Capitão de Justiça, e depois seu dedo indicador longo, afuselado, apontou o troninho:
— Ahora seu lugar es este.
Don Filippo Arcadipane se ergueu, pálido e desolado.
— Jamais ousarei ocupar esse lugar — disse, ruborizado —, enquanto a senhora estiver aqui dentro.
— Le pido predisponer mi viaje, de modo que el domingo me pueda embarcar con mis sirvientas. Quiero además que el ataúde con los restos mortales de mi esposo viaje conmigo.
— Assim será feito — disse o Grão-Capitão.
— Por que a senhora quer nos deixar tão depressa? — perguntou o bispo de Patti.
E sua pergunta se transformou numa espécie de coro suplicante:
— Por quê?
Dona Eleonora não respondeu. Lentamente, fitou os Conselheiros, olhos nos olhos, um a um. Depois disse:
— Obrigada.
Virou as costas e, como se flutuasse a um palmo do piso, saiu do salão.
O primeiro a deixar correrem livremente as lágrimas, sem retenção, foi don Filippo Arcadipane.
E já na hora do almoço, toda a cidade veio a saber que, por ordem de Sua Majestade, dona Eleonora não era mais Vice-Rainha e iria partir para a Espanha no domingo à tardinha.

Aos poucos, à esplanada diante do Palácio começaram a chegar, de mansinho, mendigos, gente com roupas esburacadas, caindo aos pedaços, gente estropiada à qual faltava um braço ou uma perna, cegos, aleijados, enfermos, desventurados de nascença, curtos de mente... cada um trazia na mão um pedaço de pão que conseguira comprar porque agora o pão era barato e acessível a todos.

E tinham vindo comê-lo em silêncio, por agradecimento, diante de dona Eleonora.

A qual, enquanto isso, discutia com o Grão-Capitão, o qual viera lembrar-lhe que havia todo um cerimonial, inevitável e a ser respeitado, para dar a última saudação a todo Vice-Rei que partia.

Mas a marquesa não queria saber daquela conversa.

— Si yo fui um Vice-Rei anômalo, então que la anomalía continúe hasta el final.

Só que don Filippo não desistia.

— Senhora, compreendo suas razões. Mas é meu dever avisar-lhe que seu gesto poderia ser equivocado, ou melhor, interpretado como uma recusa a encontrar os representantes daquela parte da nobreza e do povo que, embora nem sempre a tenham apoiado, também não a hostilizaram.

Por fim, dona Eleonora se convenceu.

Então, os dois estabeleceram que fariam a cerimônia na manhã seguinte, das nove ao meio-dia, no salão do Conselho.

A marquesa passou toda a tarde começando a arrumar a bagagem. À noite, quando chegou a hora do jantar, esperou longamente por don Serafino. Mas o protomédico não apareceu.

A certa altura, dona Eleonora se preocupou. O que podia ter acontecido com ele? E a preocupação cresceu tanto que lhe tirou o pouquinho de fome que ela sentia.

Foi dormir sem jantar.

• • •

Don Serafino, por sua vez, estava deitado em seu quarto fazia duas horas. Depois de saber na rua, por um conhecido, que dona Eleonora havia sido chamada à Espanha, ele correra ao Palácio, onde encontrara don Filippo Arcadipane, que estava de saída. Teve então a amarga confirmação da notícia.

Faltou-lhe coragem para subir e falar com dona Eleonora.

Iria começar a chorar como uma criancinha.

Por isso, voltara para sua casa sentindo as pernas bambas e, desesperado, se jogara na cama.

Às nove da manhã do sábado, a esplanada diante do Palácio estava lotada pelas setenta e duas mestranças palermitanas e pelos *patri onusti*. Uma delegação, constituída por dois *patri* e pelo Magistrado do Comércio, foi recebida primeiro.

Os representantes da nobreza, entre príncipes, duques, marqueses, condes e barões, chegaram a uns cem.

Em seguida foi a vez dos altos funcionários régios. O protonotário, o secretário do Sacro Régio Conselho e...

Dona Eleonora não esperava de jeito nenhum ver surgir à sua frente o protomédico, o qual tinha os olhos vermelhos de quem chorou sem parar.

Enquanto don Serafino se inclinava para lhe beijar a mão, ela disse em voz baixa:

— Esta noche le espero para cenar. Es mi última orden.

A tarde de sábado a marquesa passou inteiramente com o Grão-Capitão, o Juiz da Monarquia e o secretário do Conselho. Tratava-se de fazer a transmissão do cargo. E as centenas de assinaturas deixaram sua mão dolorida.

Quando terminaram, já escurecera.

De volta aos seus aposentos, perguntou à chefe das camareiras se don Serafino havia chegado.

— Sim, está na sala.

— Vou me atrasar um pouco, peça desculpas a ele.

Queria se despir, tomar banho, perfumar-se e vestir uma roupa limpa mas muito simples, de casa, como se, fazendo isso, quisesse se apresentar aos olhos de don Serafino por aquilo que sentia ser, uma mulher comum, e não a Vice-Rainha que havia sido.

Mas, sem querer, obteve o efeito contrário. Antes, ela era como um fruto recoberto por folhas maravilhosas, mas agora, sem folhas, a plenitude, as cores, a perfeição do fruto eram uma explosão de beleza.

— Vamos para a mesa? — perguntou, abrindo a porta da sala.

Ao vê-la, don Serafino não conseguiu se levantar de imediato.

Ela só falou no princípio.

— Por qué ayer no ha venido?

— Não tive forças.

— Estaba preocupada.

— Imploro que me perdoe. E também...

— E também?

— Eu temia ser inoportuno. Seguramente, a senhora teria muitas coisas a fazer...

— Su presencia nunca foi inoportuna.

E não trocaram nem mais uma palavra. Evitaram até se olhar. Fatalmente, porém, chegaram ao fim do jantar.

Dona Eleonora se levantou. Don Serafino também, mas com grande dificuldade.

Dona Eleonora fechou os olhos, abriu-os, deu um passo em direção a ele. Don Serafino fez o mesmo. Estavam muito próximos.

— Tenemos que saludarnos — disse dona Eleonora.

Sua voz foi apenas um sopro.

E ela fechou de novo os olhos. E don Serafino viu uma lágrima, só uma, uma pérola, descer-lhe do olho esquerdo, deslizar lentamente pela face, parar um segundo antes de cair e...

E a mão direita de don Serafino a recolheu sobre a palma aberta. Em seguida ele apertou-a com força no punho fechado, desejando que aquela lágrima penetrasse em sua carne até se tornar sangue do seu sangue.

E talvez esse milagre tenha acontecido, pois don Serafino ouviu sua própria voz dizendo:

— Eu a seguirei.

— Cómo? — fez dona Eleonora, abrindo os olhos e fitando-o, perplexa.

— Eu a seguirei — repetiu don Serafino, com voz firme.

— Mas aqui o senhor tem sua mãe, uma irmã...

— Elas vão entender. Só precisarei de uma semana, não mais do que isso, para deixar minhas coisas em ordem.

— Pero en España...

— Trabalharei como médico, tal como faço aqui. Quando o marido da senhora adoeceu, don Juan de Torres, o médico enviado por Sua Majestade, e eu nos tornamos amigos, de vez em quando nos escrevemos... Ele me ajudará.

— Le esperaré — disse dona Eleonora.

Depois sua mão se ergueu no ar, leve como uma borboleta, e fez uma carícia na face de don Serafino.

— Lo que puedo garantirle es um convite para jantar tres vezes a la semana — disse a marquesa.

— Isso me bastará.

O Grande Almirante havia colocado à disposição da marquesa um potente navio de guerra. O horário estabelecido para a partida era ao cair do sol, mas a população de Palermo começou a lotar o porto desde o início da tarde.

Mil soldados espanhóis se enfileiravam pela rua que levava do Palácio ao porto, e outros quinhentos estavam alinhados dos dois lados do grande píer de madeira junto ao navio, o qual exibia no grande pavês as bandeiras da Espanha e da Sicília.

Às três horas o ataúde do Vice-Rei, sobre uma plataforma com rodas puxada por quatro cavalos e escoltada por um pelotão de lanceiros, foi alçado a bordo.

Às cinco dona Eleonora chegou sozinha numa carruagem, seguida por outra que levava as quatro camareiras.

Foi recebida pelo comandante, que a conduziu à cabine normalmente reservada ao Grande Almirante.

Depois chegaram o Senado da cidade, o Sacro Régio Conselho e os altos funcionários.

Entre estes encontrava-se o protomédico, que parecia apenas comovido, mas não muito.

Dona Eleonora se debruçou.

Explodiu um tal vozerio que, das palavras ditas pelo Grão-Capitão para a despedida oficial, não se entendeu uma sílaba sequer.

Da área onde o povo estava, uma pessoa em cima da outra ou grudada em outra, partiam contínuos brados de adeus, de boa sorte, de agradecimento, de bênção, acompanhados por um interminável agitar de lenços, trapos, panos, camisas.

Dona Eleonora respondia acenando com as mãos.

Depois, os marinheiros começaram a levantar a âncora.

De repente, caiu um grande silêncio.

E naquele silêncio se elevou, poderosa, a voz de Peppi Gangitano, poeta de taberna e de rua, que assim cantou:

'Ntornu a la terra tutta a firriari
ci metti 'a luna vintotto jornati.
Chisto lu sanno i fimmini e lu mari
che cu 'a luna sunno sempre appattati.

Giru di luna fu lu regnu tò,
ma fici di la notti jornu chiaru,
la tò liggi abbastò e assurpirchiò
pi fari lu duluri menu amaru.

E ora che hai finuto la fatica,
donna Lionora, talia nel nostro cori:
dintra ci attrovirai 'na luna nica,
iddra si tu, ca regni di splindori.*

---

* Em tradução livre: "Em torno da terra toda a girar / a lua leva vinte e oito dias. / Disso sabem as mulheres e o mar / que com a lua sempre se entenderam. // Giro de lua foi teu reinado, / mas fez da noite dia claro, / tua lei bastou e sobejou / para tornar a dor menos amarga. // E agora que terminaste o trabalho, / dona Eleonora, olha em nosso coração: / dentro encontrarás uma lua pequenina, / ela és tu, que reinas com esplendor." (N.T.)

Nota

Em todas as cronologias dos Vice-Reis da Espanha e da Sicília, à exceção de só uma, quando chegamos a 1677 encontramos pontualmente escrito que naquele ano morre em Palermo o Vice-Rei don Angel de Guzmán e que o cardeal Luis Fernando de Portocarrero o sucede no cargo.

Mas com isso comete-se na realidade, inexplicavelmente e muito explicavelmente, uma grave omissão.

Ou seja, não é informado que, entre a morte de don Angel e a chegada do cardeal Portocarrero, a Sicília, ainda que só por vinte e sete dias, foi governada por uma mulher.

O falecido don Angel tinha deixado escrito em seu testamento que desejava ser sucedido pela própria esposa, dona Eleonora de Moura. O testamento era ambíguo, no sentido de que não especificava se a viúva devia ser nomeada Vice-Rainha *pro tempore*, isto é, enquanto não era designado o novo Vice-Rei, ou permanecer no cargo até quando Sua Majestade quisesse. De qualquer modo, a decisão definitiva só podia caber ao Rei.

Convém dizer que essa não era a primeira vez que um Vice-Rei, à beira da morte, nomeava um parente como sucessor. Em 1627 o Vice-Rei Antonio Pimentel, marquês de Távora, nomeou o filho, suscitando a reação do arcebispo de Palermo, Giannettino Doria, que aspirava àquele cargo.

Em 1677, o bispo de Palermo também aspirava a se tornar Vice-Rei.

Porém, o Sacro Régio Conselho, inclusive o bispo de Palermo, teve de se inclinar à vontade testamentária, e dona Eleonora se tornou Vice-Rainha, única mulher no mundo, naquela época, a assumir um tão alto cargo político e administrativo.

. . .

Eu topei com suas vicissitudes lendo uma importante obra de Francesco Paolo Castiglione, intitulada *Dizionario delle figure, delle istituzioni e dei costume della Sicilia storica* (Palermo, Sellerio, 2010).

Nesse livro, porém, a história de dona Eleonora está resumida em poucas linhas e espalhada por alguns dos verbetes que compõem o volume.

Outras pouquíssimas menções podem ser lidas no terceiro volume da *Storia cronologica dei Viceré*, de G. E. Di Blasi, editada em 1975 pela Regione Siciliana e que constitui aquela única exceção à qual me referi.

Di Blasi se detém na destituição de dona Eleonora por causa, justamente, do fato de ela ser mulher e, enquanto tal, impossibilitada de assumir a autoridade de Legado Nato do Papa, título inseparável do de Vice-Rei. Quem levantara a questão havia sido o Bispo de Palermo, excluído do Sacro Régio Conselho pela Vice-Rainha dona Eleonora e que se queixava de ser perseguido por ela.

Poucas menções, portanto, mas suficientes para extrair a imagem de uma mulher extraordinária que soube merecer amplo respeito por tudo o que fez em seu brevíssimo período de governo da Sicília.

Foram certamente obra sua a redução do preço do pão e a criação da Magistratura do Comércio, que reunia as setenta e duas mestranças palermitanas.

Quanto às medidas por ela tomadas em favor das mulheres, registre-se que reabriu o Conservatório para as virgens periclitantes e o Conservatório para as velhas prostitutas, os quais estavam desativados por falta de fundos, e que são inteiramente de sua autoria a criação do chamado Dote Régio e a do Conservatório das Madalenas Arrependidas.

Foi também iniciativa dela a redução do número de filhos para obter os benefícios concedidos aos *patri onusti*.

Tratando-se de uma narrativa romanesca, tomei numerosas liberdades. Não vou dizer quais. Revelarei somente duas menores.

Primeira: dona Eleonora não podia brandir o espantalho do Visitador Régio don Francisco Peyró, que na época já havia morrido. Tornara-se lendário por ter mandado para a prisão, por malversação, um dos mais altos funcionários, o *maestro portulano** Federico Abbatellis, conde de Cammarata, e com ele o Grão-Tesoureiro do Reino, o Secreto, dois altos prelados... Morreu assassinado a punhaladas perto de Viterbo, durante a viagem de retorno. À beira da morte, Federico Abbatellis confessou ter sido ele o mandante.

Segunda: depois de receber a carta que a destituía, dona Eleonora passou logo as atribuições ao Grão-Capitão de Justiça, mas permaneceu em Palermo por algum tempo. Tanto que o cardeal Portocarrero não pôde ir residir de imediato no palácio vice-real, porque este continuava ocupado, e então tratou de enviar a dona Eleonora um bilhete reverente no qual estava escrito que ela podia continuar ali por todo o tempo que desejasse, porque ele havia encontrado alojamento provisório no palácio episcopal, afortunadamente desprovido de titular naquele momento.

Desejo agradecer a Maria Grazia Ursino pela inteligente e calorosa ajuda que me deu ao personalizar prazerosamente o ítalo-espanhol falado por dona Eleonora.

Por fim, agradeço a Valentina Alferj pela preciosa colaboração na revisão do texto.

A.C.

---

* "Mestre portuário", oficial régio encarregado da gestão e coordenação dos portos. (N.T.)